VICTORY NOVELS

新連合艦隊

❸設立!「ハワイ方面艦隊」

原 俊雄

電波社

この作品はフィクションであり、登場する国家、団体、人物などは、
現実の国家、団体、人物とは一切関係ありません。

もくじ

新連合艦隊(3)
——設立！「ハワイ方面艦隊」

第一章　空母は四隻なり

1

第六索敵線を担当する菅野《かんの》兼蔵《けんぞう》飛曹長の二式艦上偵察機は、午前五時二二分に空母「翔鶴《しょうかく》」から飛び立っていた。

機長の菅野は偵察員と電信員を兼ねており、操縦員は後藤継男《つぐお》一飛曹が務めている。

オアフ島周辺では朝から、抜けるような青空が広がっていた。

二式艦偵の巡航速度は時速二三〇ノット。菅野機は南南東の針路を維持しつつ、巡航速度で飛び続けている。

――米空母は必ず、オアフ島近海で作戦しているはずだ！

連合艦隊の大兵力がハワイへ迫っていることは米軍もさすがに気づいている。菅野は〝なにも見落とすまい！〟とみずからに言い聞かせて、敵空母のすがたを探しもとめていた。

同機は本来、午前五時の薄明を期して発進するはずだったが、エンジン不調のため予定より二〇分ほど後れて「翔鶴」から飛び立っていた。

空母「翔鶴」は小沢治三郎《じさぶろう》中将の直率する第一航空戦隊の一員だが、連合艦隊の母艦一二隻をあずかる小沢中将は、同じ一航戦の空母「魁鷹《かいよう》」に将旗を掲げて航空戦の指揮を執っている。

この日（八月一〇日）・午前三時三〇分（ハワイ現地時間）にオアフ島へ向けて第一波攻撃隊を発進させたあと、小沢中将麾下《きか》の空母一二隻はオアフ島の北西およそ二五〇海里の洋上で遊弋《ゆうよく》し続けていた。

第一波攻撃隊による空襲は見事に成功し、オアフ島の米軍航空隊は今、壊滅状態にある。

作戦はことのほか順調に推移しつつあるが、日本の空母一二隻はそれら第一波の攻撃機をいずれ収容する必要がある。

攻撃隊収容時は危険な状態が続くため、その前になんとしても米軍機動部隊を見つけ出しておく必要があった。

――この期に及んで、敵が空母の出撃を渋るようなことは万に一つもあるまい……。米空母は必ず出て来る！

小沢もまたそう考えて、夜明けを迎えるのと同時に一二機の二式艦偵をすべて索敵に出すつもりでいた。

ところが、この最重要局面でエンジントラブルが相次ぎ、一二機のうちの三機が予定していた午前五時に発進することができなかった。二式艦偵は液冷式エンジンを採用していたが、その整備の難しさをここへ来て露呈したような格好となってしまった。

はっきりとした原因は不明だが、エンジントラブルを起こした三機にはひとつだけ共通点があった。菅野機をふくむ三機は、七日・夕刻に索敵を終えて母艦へ帰投する際に、いずれも三〇分以上にわたってスコールに見舞われていたのだ。そのときエンジンに、なんらかの異常を来たしていた可能性が高い。

日米両軍部隊の進撃経路　1942年（昭和17年）8月10日・午前5時現在（ハワイ時間）

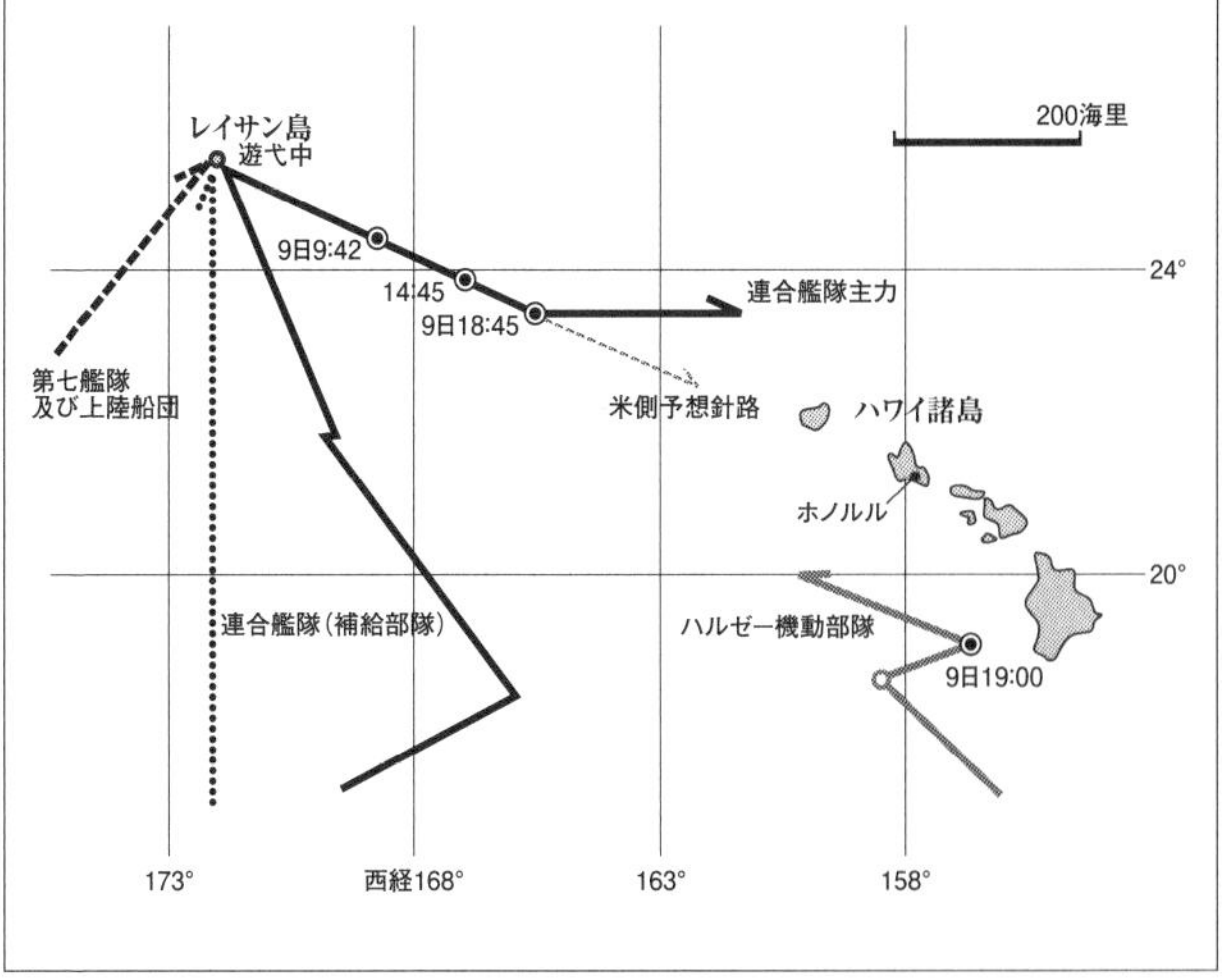

結局、二機はエンジン不調を解消することができず、発進をやむなく断念した。唯一、菅野機のみが不具合の解消に成功して、およそ二〇分後れで「翔鶴」から飛び立っていた。

菅野機のエンジンも異音とぶきみな振動を発していたが、整備員が急遽エンジンオイルと冷却液をまっさらなものに入れ換えると、振動や異音がウソのようにおさまったのだ。

それでも整備員は出撃の取り止めを進言した。

「今はおさまっておりますが、根本原因を突き止めたわけではないので、いつまた振動が起きてもおかしくありません!」

けれども、後藤一飛曹が何度もスロットルを噴かしてみると、エンジンはすっかり機嫌を直したようで、いたって快調だった。

心地よい振動が後部座席にも伝わってくる。

――よし！　これなら行けるぞ！

最後は菅野自身がそう判断し、発進を決意したのだった。

菅野が急いで出撃を願い出ると、飛行長の楠本《くすもと》幾登《いくと》中佐も即座にうなずいた。

「一二機のうちの二機が発進できない！　きみが行ってくれるなら、非常に助かる！」

楠本が膝を打ってよろこぶのは当然だった。

二式艦偵はそれぞれ一〇度ずつの索敵線を受け持ち、南東を中心に一二〇度に及ぶ索敵網を展開することになっていたが、菅野機が出撃できるとなれば、機数は一〇機となり、各機の担当を二度ずつ増やして一二度とするだけで済む。

すでに発進していた二式艦偵九機にもこの方針がすぐに伝えられ、菅野機は、午前五時二二分に空母「翔鶴」から発進して行ったのである。

2

母艦「翔鶴」から発進しておよそ一時間。菅野飛曹長が海上の異変に気づいたのは午前六時一八分のことだった。

はるか前方・左手の水平線近くに、白い航跡がかすかに見える。

「なにか見えたぞ……。よし、敵艦だ！　針路をすこし左に執れ！」

菅野が前方を指差すと、後藤がすぐさま機首を左へ振って、すこし速度を速めた。速力はすでに二四〇ノットを超えようとしている。

目標との距離はぐんぐん縮まり、洋上をゆく敵艦が一隻どころではないことが、後藤にもすぐにわかった。

「向こうにも見えます！　有力な敵艦隊にちがいありません！」

菅野はこれにうなずいたが、最も重要な空母のすがたはまだ見えない。しかしかなりの大艦隊にちがいなく、後藤はさらに操縦桿を左へ倒し、針路を南東に執った。が、その直後に菅野が上空の異変に気づいて、とっさに命じた。

「いかん、敵戦闘機だ！　急ぎ降下し一旦、南へ迂回せよ！」

後藤はすぐに反応、操縦桿をもどしつつエンジンを噴かし、二九〇ノット以上の速度で海面近くまで降下した。

菅野機に迫ろうとしたのは空母「サラトガ」から直掩《ちょくえん》に舞い上がっていたワイルドキャットだったが、同機は二式艦偵の速力に付いてゆけず、あと一歩のところで菅野機を取り逃した。


グラマンとの距離は次第に広がりつつある。

それを見てホッとしたのもつかの間、菅野はすぐさま敵艦隊の針路を読み取り、張りのある声で後藤に命じた。

「よし！　このまま南へ迂回して敵艦隊の後方へまわり込むぞ！」

後藤はこくりとうなずくや、速度を維持して愛機を南へ直進させた。

菅野がみたところ洋上をゆく敵艦の群れはかなりの速度で北北西へ向けて進軍しており、愛機をこのまま南進させれば、グラマンの追撃を振り切りながら〝敵艦隊の後方へ出られる！〟と考えたのだった。

この発想はよかったが、敵艦隊の全容を確認するには、いずれ東へ変針し、高度も上げる必要がある。

そのあと、速力二七〇ノットで海面すれすれに飛び続け、たっぷり五分ほど飛行するや、菅野が意を決して命じた。

「よし！　いいだろう。針路を東に執れ！」

後藤が〝待ってました！〟とばかりに機首を左へ振る。

液冷式の洗練された機体がさらに速度を上げながら上昇してゆく。

向かう水平線上には朝日が光り輝いていた。

そちらへまともに飛ぶような格好となり、まぶしくてよく見えない。が、たっぷり上昇してゆくと、急に視界が開けてきた。

「いたぞ！　駆逐艦だ！」

左に見えた、その駆逐艦はもはや指呼の間に迫っており、北方へ向けて疾走している。菅野機は速度を落としながらその後方へまわり込む。

高度はすでに二〇〇〇メートルを超えていた。

敵艦はようやく菅野機の接近に気づいたにちがいなく、あわてて対空砲をぶっ放してきた。

それをものともせず菅野機はさらに上昇、すると、はるか水平線の彼方に空母らしき影をついに発見した。

「みろっ！『サラトガ』だ！」

それにうなずくや、後藤も続けざまに声を張り上げる。

「その向こうにも、もう一隻います！」

菅野もすでに二隻目に気づいており、かれは大急ぎで電鍵を叩いた。

『空母二隻をふくむ敵艦隊を発見！　針路・北北西、速力およそ二五ノット！』

ときに午前六時三二分。報告電を打ち終えるや菅野がつぶやくようにして応じた。

「もう一隻はワスプ型のようだ……」

菅野の眼に狂いはなく、同機によって発見されたのは、フランク・J・フレッチャー中将が指揮官を務める、第一七任務部隊の空母二隻「サラトガ」「ワスプ」であった。

宿敵・米空母を首尾よく二隻も発見したのだから、菅野と後藤はもはや充分に責任を果たしたといえる。胸を張って帰途に就いてもおかしくないところだが、菅野はそれだけでは決して満足しなかった。

「米空母は何隻ぐらい出て来ますか？」

母艦「翔鶴」から飛び立つ直前に菅野がそう訊ねると、飛行長の楠本中佐がにやりと笑い、きっぱり言い切った。

「いい質問だ！　少なくとも三隻、多ければ四隻は出て来るだろう」

むろん菅野はこれをよく憶えており、敵空母はほかにも〝まだ居るかもしれない！〟と、ふんどしを締めなおしていた。

後藤も飛行長と菅野の会話を聴いており、心をひとつにしていたが、菅野は、これだけは〝確かめておく必要がある！〟と思い、後藤に念押しで訊いた。

「エンジンの調子はどうだ？」

「良好です！　問題ありません！」

後藤が即答するや、菅野はなおも上昇しながらさらに〝東〟へ向かうように命じた。

菅野機は、索敵に出た二式艦偵一〇機のなかで最も後れて母艦から飛び立った。もし、敵空母がほかの索敵線上で行動していたなら、菅野機以外の九機がすでにそれを発見し、とっくに通報しているはずだった。

けれども、ほかの二式艦偵からいまだそうした通報はなく、菅野はレシーバーにずっと耳を当てていたが、味方索敵機が発するであろう報告電を依然として一切キャッチしていなかった。

――未発見の米空母が西に居るとすれば、第七索敵線を飛んでいる艦偵がすでに通報をおこなっているはずだ。しかし、そのような通報がなされた形跡はない……。それでもなお、発見済みの二隻以外に敵空母が存在するとすれば、その米空母は東で行動している可能性が高い！

菅野は目をほそめ、瞬時にそう計算した。

今、菅野機の高度は三〇〇〇メートルに達しようとしている。さらに視界が開けて、太陽は東の水平線上にぽっかりと浮かんでいた。

上空では、相変わらず抜けるような青空が広がっている。

はたして、三分ほど東へ飛び続けると、菅野の予想は見事に的中し、あきらかに行動を別にする敵艦隊のもう一群が見えてきた。

菅野はさらに目をほそめる。

――しめた！　こちらの敵艦隊も〝輪形陣〟を組んでいるぞ……。おそらくこの先にも、敵空母が存在するにちがいない！

が、その直後のことだった。

上空の見張りが一瞬おろそかになり、菅野機はグラマンの猛烈な一撃を喰らってしまった。

菅野機があらたに発見して近づこうとしていた米艦隊は、いうまでもなくウィリアム・F・ハルゼー中将が直率する第一六任務部隊であり、その旗艦である空母「エンタープライズ」からも事前に三機のワイルドキャットが直掩に舞い上がっていた。

それらワイルドキャットは、あらかじめフレッチャー部隊から『日本軍偵察機の接触を受けつつある！』との通報を受けており、そのうちの一機が菅野機を発見するや、突如として高空から襲い掛かって来たのだ。

耳をつんざくほどのけたたましい射撃音が鳴りひびき、不意の襲撃に気づいた後藤は、とっさに左旋回をうってかわそうとしたが、まるで手後れだった。

一〇発以上の弾丸を喰らってしまい、その直後に菅野機の速度があきらかに低下した。いや、それだけではない。一発が風防を突き破り、後部座席で破片が散乱、かなりの出血をまねいて菅野が左上腕を負傷してしまった。

後藤が思わず声を掛ける。

「だっ、大丈夫ですかっ!?」

ところが、菅野は平然とうなずき、反対に訊き返した。

「大丈夫だ。それより、まだ飛べるかっ!?」

速度はめっきり低下しているが、後藤は見事に失速を喰い止めて即答した。

「飛べます！　依然二三〇ノットは出せると思います！」

新手の敵空母がやはり近くに居る。空母の上空で直掩していたのにちがいないグラマンから現に襲撃を受けたのだから、菅野も後藤もここまで来て〝逃げ帰るわけにはいかない！〟という信念を胸に刻み込んでいた。

「よし！　速度と高度をできるだけ維持し、このまま東へ突っ切るぞ！」

顔を真っ赤にして菅野がそう宣言するや、後藤は〝お任せあれ！〟と勢いよくうなずいた。

けれども、後藤の思いとは裏腹にエンジンの出力がなかなか上がらない。それどころか、ときたま〝ぷすぷす〟と嫌な音を立て、いまにも回転を止めそうな気配をみせ始めた。

出撃前のエンジントラブルがここへ来て再発してしまったのだ。

それでも後藤は、スロットルでバルブを小まめに調節し、懸命になって速度と高度を維持しようと努めた。その甲斐あってエンジン出力がある程度一定に保たれ、菅野機は二一〇ノットの速力を維持してなおも飛び続けた。

幸い、一撃を仕掛けて来たグラマンはかなり降下しており、攻撃して来そうにない。

高度も三〇〇〇メートルを維持しており、機はさらに東進し続けたが、輪形陣へ近づくに連れて対空砲火がより激しさを増した。

戦艦とおぼしき大型艦や巡洋艦などをまじえたすさまじい弾幕だが、同機は確実に敵陣の中心へ向かっており、菅野はついに、左の水平線近くで航行する空母らしき敵艦を発見した。

「よし！　あちらだ！」

菅野が輪形陣のはるか中心を指差すや、それに応じて後藤が即座に機首を左へ向ける。

が、そのときだった。

先ほどとは別のグラマンが一〇時の方向から向かって来た。

「……いかん、敵機だ！」

今度は見落とさず菅野が注意をうながす。すると後藤は、とっさに左へすべり込み、向首反攻で七・七ミリ機銃を猛射。驚いた敵機は左急旋回で逃れたが、菅野機は真っ先に放たれた敵弾数発をまたしても機首に喰らってしまった。

　この命中で、菅野機はいよいよ加速不良を起こし、オイルゲージ（油圧計）の圧力が低下、エンジンがついに白煙を曳き始めた。

　速度は一八〇ノットまで低下し、愛機は高度を維持できずに降下してゆく。

　失速寸前で、まさに危機的状況だが、そのときついに菅野が声を上げた。

「見えた！　空母が二隻。……二隻ともエンタープライズ型だ！」

　後藤はすぐにうなずき、進言した。

「急ぎ、退避します！」

「頼む！　が、高度はなるべく維持せよ！」

　もはや、いつ、墜落してもおかしくないが、高度が低いと電波が届かない。菅野はそう命じるや大急ぎで電鍵を叩き、味方全軍へ向けて報告電を発した。


『空母は四隻なり！　敵空母は二隻ずつ二群に分かれて北北西へ向けて二五ノットで航行中！……エンタープライズ型二隻、サラトガ型一隻、ワスプ型……』

　菅野は懸命に電鍵を叩いたが、すべて打ち終わる前にさらなる襲撃を受けた。

　高度はすでに一五〇〇メートルまで低下しており、三機目のワイルドキャットが菅野機の後方からとどめの射撃を加えて来たのだ。

　菅野は敵機の気配にはっと気づいたが、報告電を打つのに必死で、到底、機銃で応戦することができなかった。

　次の瞬間、菅野機は無数の一二・七ミリ機銃弾を喰らって、尾部から火を噴いた。菅野飛曹長はすでに絶命していた。

　――もはや、これまでっ！

数度呼び掛けても後部座席から応えはなく、最後は後藤一飛曹が覚悟を決め、菅野機は「エンタープライズ」めがけて自爆突入をこころみた。

けれども、空母まで到底とどかず、同機はそのはるか手前の海へ激突して果てたのである。

それはハワイ現地時間で八月一〇日・午前六時四四分のことだった。

3

菅野機の発した報告電はまぎれもなく味方機動部隊に届いていた。

――すわっ、予想どおりだ！　米空母が四隻ともきっちり出て来たっ！

そう思い、真っ先に膝を打ったのは、ほかでもない翔鶴飛行長の楠本幾登中佐だった。

しかし、まもなくして菅野機との通信が途絶えたことを知り、楠本は攻撃隊の準備を急ぎながらも、独り目頭を熱くした。

――二人ともよくやった！　お前たちの命懸けの索敵は、必ずおれが山口大将に報告してやるからなっ！

菅野機の発した報告電はもちろん、機動部隊の旗艦「魁鷹」にも届いており、小沢中将は午前六時三二分に受信した第一報を受けて、抜かりなく攻撃隊の準備を開始していた。

小沢自身もまた、敵機動部隊の出現を予想しており、菅野機からの第一報を受信した時点で、爆弾や魚雷を搭載した攻撃機のおよそ半数がすでに各空母の飛行甲板へ上げられていた。

空母は全部で一二隻だが、直率する一航戦の三空母はオアフ島へ攻撃隊を出していなかった。

「敵艦隊との距離は!?」

「はっ、およそ二三五海里です！」

　航海参謀が即答すると、小沢はただちに攻撃を決意して攻撃隊の準備を急いだ。

　米軍機動部隊に対する第一波攻撃隊だが、二航戦、三航戦、四航戦の九空母はオアフ島へ向けてすでに攻撃隊を出していた。そのため、それら九空母が今、準備しているのは第二波攻撃隊ということになる。

　菅野機がまず報告してきた敵空母二隻に対しては当然全力攻撃を仕掛けるが、母艦一二隻の艦上では、優に二〇〇機を超える攻撃機が準備されようとしていた。艦爆や艦攻が続々と飛行甲板へ上げられつつある。

　その進捗状況をきっちりと確認し、航空参謀の源田《げんだ》実《みのる》中佐が小沢に報告した。

「第一波の発進準備は午前六時五五分にととのいます！」

　小沢はこれにうなずいたが、第一波の攻撃機が飛行甲板で整列を終える前に、菅野機から貴重な第二報がもたらされたのだ。

　米軍機動部隊に対する第一波攻撃隊は、雷撃隊を直率する、村田重治《しげはる》少佐が空中指揮官を務めて出撃することになっている。

　菅野機からあらたな報告を得て、航空参謀の源田は、村田少佐にこれ以上ないほど的確な指示をあたえることができた。

「敵空母は全部で四隻だ。四隻が二隻ずつ二群に分かれて北進中で、報告によると、二つの敵空母群は東西に一三海里ほど離れて行動していると思われる。……エンタープライズ型が二隻、サラトガ型とワスプ型が一隻ずつだ！」

敵空母群との距離は現在二三〇海里ほど。第一波が到達するまでのあいだに、敵艦隊が移動している可能性は当然あるが、敵もまた攻撃隊を出して来るとすれば、敵艦隊が針路を大きく変えるとは思えない。歴戦の村田少佐にとって、これだけ詳細な情報があれば充分だった。

「できれば四隻とも撃破してもらいたい！」

源田がそう言及すると、村田は自信たっぷりにうなずいた。

「お任せください！」

そう応じるや、村田は愛機の九七式艦攻に飛び乗り、午前六時五五分には予定どおり第一波攻撃隊の発進準備がととのった。

母艦一二隻は北東の風へ向けてすでに疾走している。源田から報告を受けるや、小沢中将はすかさず第一波攻撃隊に出撃を命じた。

第一波攻撃隊／攻撃目標・米空母四隻
①空母「魁鷹」／零戦九、艦攻一八
①空母「翔鶴」／零戦九、艦爆二七
①空母「瑞鶴《ずいかく》」／零戦九、艦爆二七
②空母「赤城」／零戦六、艦爆一八
②空母「飛龍《ひりゅう》」／零戦六、艦攻一八
②空母「蒼龍《そうりゅう》」／零戦六、艦攻一八
③空母「加賀」／零戦九、艦爆一八
③空母「飛鷹《ひよう》」／零戦六、艦攻九
③空母「隼鷹《じゅんよう》」／零戦六、艦攻九
④軽空「龍鳳《りゅうほう》」／零戦六、艦攻六
④軽空「祥鳳《しょうほう》」／出撃機なし
④軽空「瑞鳳《ずいほう》」／出撃機なし
※○数字は各所属航空戦隊を表わす。

米軍機動部隊へ向けて放つ、第一波攻撃隊の兵力は、零戦七二機、艦爆九〇機、艦攻七八機の計二四〇機。

艦爆はすべて二五〇キログラム通常爆弾を装備しており、艦攻は全機が八〇〇キログラム航空魚雷を装備している。

周知のとおり、第一航空戦隊の三空母を除く九空母は、オアフ島へ向けてすでに攻撃隊を出していたため、事実上これが〝第二波攻撃隊〟ということになる。が、便宜上、現在発進中の攻撃機をすべて第一波攻撃隊としておく。

小沢中将が出撃を命じると、午前七時一〇分には第一波攻撃隊の全機が米艦隊上空をめざして飛び立って行った。だが、一航戦・三空母の艦上にはなおも攻撃機が残されており、それらを休まず第二波攻撃隊として出す必要がある。

二航戦以下の九空母は攻撃隊の発進をひとまず完了して息を吐けるが、一航戦・三空母の艦上はいまだ慌ただしく動いていた。

すかさず二の矢を継いで敵機動部隊に全力攻撃を仕掛けようというのだが、三空母の作業も滞りなく進み、午前七時四八分には第二波攻撃隊の発進準備もととのった。

第二波攻撃隊／攻撃目標・米空母四隻

①空母「魁鷹」／零戦九、艦爆一八

①空母「翔鶴」／零戦九、艦攻一八

①空母「瑞鶴」／零戦九、艦攻一八

※○数字は各所属航空戦隊を表わす。

第二波攻撃隊の兵力は、零戦二七機、艦爆一八機、艦攻三六機の計八一機。

小沢中将が出撃を命じると、午前八時には第二波の攻撃機もすべて飛び立って行った。

けれどもその前に、オアフ島を空襲した攻撃機が艦隊上空へ帰投し始め、二航戦以下の九空母は午前七時二五分ごろから帰投機の収容に取り掛かった。

帰投中の攻撃隊は、オアフ島空襲時に零戦一八機、艦爆一八機、艦攻一五機を失っており、一航戦以外の空母九隻は、午前七時五二分に帰投機の収容を完了していた。

オアフ島攻撃隊の収容を無事に終えたのはよかったが、ここからが大変だった。小沢機動部隊はすでに米軍飛行艇によって発見されており、いずれ米軍艦載機が来襲するのは必定だ。それら敵機が来襲する前に、収容した攻撃機を第三波攻撃隊として出しておく必要がある。

オアフ島空襲時に五一機を喪失し、午前八時を迎えたこの時点で、母艦一二隻の艦上には全部で三二四機の艦上機（二式艦偵を除く）が残されていた。

零戦二〇七機、艦爆六〇機、艦攻五七機の合わせて三二四機だ。ただし艦攻五七機のうちの、三機が再発進不能となっており、六機も修理を必要としていた。

そこで航空参謀の源田は、修理が必要な艦攻六機を対潜警戒用として温存することにし、残る艦攻四八機と艦爆六〇機に再兵装を命じて、第三波攻撃隊として出すことにした。

また、敵空母四隻も必ず攻撃を仕掛けて来ると思われるため、零戦一六二機を艦隊防空用として艦上に残し、残る四五機の零戦を第三波攻撃隊の援護機として出すことにした。

問題となるのは艦攻に対する魚雷の装着作業だが、空母「赤城」「加賀」はそれぞれ雷撃隊の艦攻一八機ずつを準備する必要があり、第三波攻撃隊の発進準備を終えるのに、たっぷり一時間程度は掛かりそうだった。

そのことは小沢も承知しており、間に合うかどうか危惧した小沢は源田に諮った。

「おそらく、『赤城』と『加賀』の準備は午前九時ごろまで掛かるはずだが、第三波攻撃隊が発進を終える前に、米軍攻撃隊が来襲するようなことはないかね？」

その危険性は大いにあった。源田もそのことを否定できないが、ここは危険を承知の上で攻撃隊の準備を急ぐしかなかった。

帰投した艦爆や艦攻を、手をこまねいて艦上で遊ばせておくわけにはいかない。

「その可能性はございますが、ここは腹をくくって第三波の準備を急がざるをえません！　……防空用の零戦を多めに残しておきますので、まずは零戦で敵機の進入を妨害し、足止めを喰らわせます。また、どの艦も幸いレーダーを装備しておりますので、敵機の来襲が近いとなれば、そのときは兵装作業を一旦中止して、艦爆や艦攻を上空へ退避させます！」

敵機がいつ来襲するのか、そのことはだれにもわからない。源田が言うとおり、ここは零戦の迎撃に期待して腹をくくるしかなかった。

「わかった。攻撃隊の準備をなるべく急いでくれたまえ」

源田はむろんこれにうなずいたが、第三波攻撃隊を発進させられるかどうか、この一時間余りがまさに勝負であった。

小沢が言うように、第三波攻撃隊の準備は午前九時ごろまで掛かりそうだった。いや、飛行甲板上で整列を終えた攻撃機をすべて発進させるのにさらに一五分ほど掛かる。

だとすれば、勝負の分かれ目となるにちがいない、その刻限は〝午前九時一五分〟と考えておく必要があった。

小沢がちらっと時計を見ると、時刻は今、午前八時一〇分になろうとしていた。

4

カネオへ基地発進のカタリナ飛行艇から『敵艦隊発見！』の報告が舞い込むや、ハルゼー中将の率いる空母四隻は日本軍機動部隊へ向けて猛進し始めた。

それが午前六時五分のことで、日本軍機動部隊との距離はおよそ二四五海里だった。アメリカ軍艦載機の攻撃半径はいかんせん二〇〇海里程度でしかなく、ハルゼー中将麾下の空母四隻は距離を詰めるために、速力二五ノットの高速で北北西へ向けて疾走し始めた。

この時点でハルゼー機動部隊は索敵においてきっちりと先手を取っており、日本軍機から接触を受ける前に距離を詰め〝先制攻撃を仕掛けてやろう！〟というのが、ハルゼー中将やブローニング大佐の狙いだった。

参謀長のマイルズ・R・ブローニング大佐はあくまで強気で、オアフ島を空襲した日本の艦載機が空母で再出撃準備をととのえている時機をとらえて〝全力攻撃を仕掛けてやろう！〟と虎視眈々と狙っていた。

ところが、午前六時三〇分過ぎに、まずフレッチャー部隊が敵機（菅野機）の接触をゆるし、次いで、その約一〇分後にはついにハルゼー部隊も発見されてしまった。

座乗する空母「エンタープライズ」へ向けて迫ろうとした、その敵機は、直掩のワイルドキャットが首尾よく叩き落としたが、日本軍偵察機は墜落する寸前に長文の電報を発したので、味方空母四隻の所在が敵の知るところとなったのはもはやあきらかだった。

「予定どおり午前七時を期して全力攻撃を仕掛けましょう！」

ブローニングが急ぎそう進言すると、ハルゼー中将もやむをえずうなずいた。できれば、もっと距離を詰めておきたいところだったが、それでは戦機を逸する。

日本軍の空母は事前に〝一二隻！〟と報告されており、空母数では圧倒的な劣勢に立たされている。この劣勢をおぎなって勝利を得るには、先制攻撃を仕掛けて敵空母数隻を撃破し、作戦不能におとしいれるしかなかった。

勝利の望みは充分にある。日本軍は艦載機の約半数をオアフ島攻撃に割いたと思われる。それら敵機が戦いへ参入する前に、できるだけ多くの敵空母を撃破してしまうのだ。

そのためには是が非でも、午前七時に攻撃隊を出しておく必要があった。

敵機の接触をゆるしてからおよそ二〇分、いよいよその時が来た。

日本軍機動部隊との推定距離は二二〇海里余りだが、攻撃隊発進後も北進し続け、味方艦載機の航続力不足をおぎなうしかない。

危険を承知の上での北進だ。ハルゼー中将はとっくにその覚悟を決めており、時計の針が午前七時ちょうどを指すと、第一次攻撃隊に対し即座に発進を命じた。

第一次攻撃隊／攻撃目標・日本空母群

【第一六任務部隊】　ハルゼー中将

・空母「エンタープライズ」　出撃数六〇機
（戦闘機一〇、爆撃機三六、雷撃機一四）

・空母「ホーネット」　出撃数六〇機
（戦闘機一〇、爆撃機三六、雷撃機一四）

【第一七任務部隊】　フレッチャー中将

・空母「サラトガ」　出撃数六〇機
（戦闘機一〇、爆撃機三六、雷撃機一四）

・空母「ワスプ」　出撃数五八機
（戦闘機一〇、爆撃機三六、雷撃機一二）

第一次攻撃隊の兵力はワイルドキャット戦闘機四〇機、ドーントレス急降下爆撃機一四四機、アヴェンジャー雷撃機五四機の計二三八機。

ドーントレス爆撃機のちょうど半数が五〇〇ポンド爆弾を装備し、残る七二機が破壊力の大きい一〇〇〇ポンド爆弾を装備している。アヴェンジャー雷撃機は全機が航空魚雷を装備していた。

あきらかに急降下爆撃機重視の編成で、しかも援護戦闘機の数はわずか四〇機だ。この点、雷撃を重視する日本海軍の用兵思想とはかなり違っており、アメリカ軍機動部隊は攻撃よりも守りを重視して、艦隊防空用に八四機のワイルドキャット戦闘機を残していた。「エンタープライズ」「ホーネット」「サラトガ」の三空母は六〇機もの攻撃機を発進させる必要がある。

そのため発進作業に三〇分ほど掛かり、第一次攻撃隊の全機が発進を終えたのは午前七時三〇分のことだった。

まるでタイミングを計ったようにして、最後のアヴェンジャー雷撃機が一斉に四空母の艦上から舞い上がると、各空母はようやく速力を二〇ノットまで低下させた。

ガソリンの浪費をふせぐため、発進した攻撃機は空中集合を実施せず、おおむね二群に分かれて進撃してゆく。先行する第一群にワイルドキャット四〇機を集中し、第二群の到着まで敵艦隊上空で粘らせることにした。

北北西の彼方をめざして進撃してゆく攻撃隊を見送りながら、ハルゼー中将が空母「エンタープライズ」のデッキで、いかにも美味そうに葉巻を吹かしている。

艦隊は一旦北東へ向けていた針路を再び北北西へもどし、旗艦「エンタープライズ」以下の全艦艇が、やがて一五ノットまで減速した。

今、四空母の艦上には防空戦闘機隊のワイルドキャットが順に上げられつつあり、上空では近接哨戒と直掩の任を兼ねたワイルドキャット六機が悠々と飛び交っていた。

「落伍したものは一機もありません！　全機、無事に発進いたしました！」

あらためて航空参謀がそう告げると、ブローニングもようやくひと息吐いて、目をほそめながらつぶやいた。

「上々です！　あとは攻撃隊の幸運を祈り、その戦果に期待しましょう」

発見時に日本軍艦隊との距離が二五〇海里ちかくも離れていたのにはさすがに驚いた。だが、それ以降は迅速に軍を進めて、きっちりとやるべきことをやった。

ハルゼーはいかにも満足げな表情で葉巻を燻《くゆ》らせながら、ブローニングの言葉にうなずいたのである。

第二章　激闘！ 布哇《ハワイ》海戦

1

一九四二年（昭和一七年）八月一〇日・ハワイ現地時間で午前八時過ぎ――。

日米両軍機動部隊の放った攻撃隊がたがいに敵空母群の上空をめざして空中を進撃していた。

帝国海軍の放った攻撃機は第一波、二波を合わせて三二一機、アメリカ海軍の放った攻撃機は計二三八機となっていた。

索敵では米側が先手を取ったが、攻撃機の発進では日本側が先手を取り、日本軍・第一波攻撃隊の二四〇機がいちはやく米空母群の上空へ迫ろうとしている。

午前八時七分。戦艦「インディアナ」の対空見張り用レーダーが真っ先に日本軍攻撃隊の接近を探知して、味方全軍にそれを通報した。

「二〇〇機を超える大編隊です！　あと三五分ほどで上空へ来襲します！」

空母「エンタープライズ」の艦上で通信参謀がそう報告すると、ハルゼー中将は眉をひそめ、思わず舌打ちした。

「ちっ、もう来たかっ！」

ハルゼー艦隊はなおも敵方へ近づいている。そのため、日本軍攻撃隊を迎えにゆくようなかたちとなり、敵に先手を取られたが、やるべきことは決まっていた。ハルゼー中将は幕僚の進言を待つまでもなく、四空母の艦上で待機させてあった戦闘機に対してただちに発進を命じた。

すでに直掩《ちょくえん》に就いていた六機をふくめ迎撃戦闘機は計八四機。艦上のワイルドキャット七八機も一〇分以内にすべて上空へ舞い上がった。

日本軍攻撃隊は北北西から接近しつつある。

発進から約一五分後の午前八時二二分。計八四機のワイルドキャットは、それら敵機が進入して来る前に、自軍艦隊の手前（北北西）・約四〇海里の上空で迎撃態勢をととのえた。

日本軍攻撃隊は〝高度四〇〇〇メートルを維持して接近して来る！〟とさらに報告があり、八四機のワイルドキャットは、そのはるか上空・高度六〇〇〇メートル付近に占位して、敵機群を待ち構えた。

はたして約二分後。迎撃戦闘機隊の隊長みずからがはるか北方にケシ粒を撒いたような敵機群を発見し、間髪を入れずに命じた。

「来たぞ、一一時一〇分の方向だ！　全機、突撃せよ！」

日米両軍機の距離がみるみる縮まり、ワイルドキャットの大群が一斉に降下しながら日本軍機の群れへ襲い掛かる。

日本軍攻撃隊の上空・高度五〇〇〇メートル付近では制空隊の零戦三六機が警戒に当たっていたが、すばやく降下した敵グラマンに先手を取られて、ハルゼー機動部隊の北方上空で俄然《がぜん》、激しい空中戦が始まった。

制空隊の零戦も上昇しながら、向首反攻でただちに応戦したが、およそ同数のグラマンを空戦にまき込むのが精いっぱい。

あえなく先手をゆるし、三機のグラマンを返り討ちにしたものの、零戦もたちまち五機を失ってしまった。

この時期にもなると、ワイルドキャットのパイロットはみな、ゼロ戦を相手に〝一対一の空戦を挑むな！〟との注意を受けていた。けれども、今回ばかりは見事、先制攻撃に成功し、この鉄則を杓子定規《しゃくしじょうぎ》にまもる必要がなかった。

上空ではにわかに零戦三一機対ワイルドキャット三三機の空中戦が始まり、隊長機をふくむ残る四八機のワイルドキャットはそのまま降下し続けて、日本軍攻撃隊の本隊へ襲い掛かった。

米軍戦闘機の出現は予期していたことではあるが、いかんせんその数が多かった。

周知のとおり、第一波攻撃隊は村田重治少佐が指揮官を務めて出撃していた。


——くそっ、もう来たか！　五〇機ちかくもいるじゃないか……。

さしもの村田も敵機の多さに危機感をつのらせたが、グラマンが迎撃に現れたということは、攻撃隊は着実に、めざす敵空母群の上空へ近づいているのにちがいなかった。

洋上に敵艦のすがたはまだ見えない。

本隊の上空にはなおも直衛隊の零戦三六機が残されている。村田はとっさに密集隊形を命じ、その真上を零戦に護らせた。

しかし敵もさるもの、迎撃戦に徹したグラマンはめっぽう強かった。

対する零戦には味方攻撃機を護らねばならないという足かせがはめられている。さすがの零戦も自由が利かず、襲い掛かろうとする敵機を一機ずつ排除するので精いっぱいだった。

それをよいことに、グラマンはあらゆる方角から次々と襲い掛かり、攻撃隊に神経戦を仕掛けて来る。

零戦の奮闘にもかかわらず、本隊はその執拗《しつよう》な攻撃に悩まされ、一〇機以上のグラマンから立て続けに射撃を喰らった。

およそ後方に位置していた列機が次々と敵弾を喰らい、攻撃隊はたちどころに艦爆四機と艦攻三機を失った。

いや、それだけではない。撃墜こそまぬがれたものの、さらに艦攻もう一機が白煙を曳きながら隊列から逸れてゆく。

それはまさに村田自身が直率する魁鷹雷撃隊・第二小隊の三番機だった。落伍しつつある同機に対し、村田は即座に命じた。

「魚雷を投棄して、即刻、母艦へ帰投せよ！」

それでも同機は付いて来ようとしたが、速度が上がらず前進をあきらめ、ついにきびすを返して退避して行った。

ただし、攻撃隊もやられっ放しではなく、その間に直衛隊の零戦が三機のグラマンを返り討ちにして、敵機の攻撃は一旦おさまった。

けれども、それは一時《いっとき》のこと。いまだ四〇機以上のグラマンが本隊にまとわりついており、攻撃隊はその後も一〇分ちかくにわたって波状攻撃を受け続けた。空母を〝なんとしても護ろう！〟と敵機も死にもの狂いなのだ。

猛烈な抵抗だが、空戦開始から一五分ほど経とうとしたそのとき、村田少佐は、ようやく一隻の米空母を洋上に発見した。

――しめた、大物だ！　あれは『サラトガ』にちがいない！

　そう直感するや、村田はすぐさま列機に散開を命じた。だがそのときにはもう、第一波攻撃隊は艦爆一六機と艦攻一八機を失い、残る攻撃兵力は艦爆七四機、艦攻六〇機の合わせて一三四機となっていた。

　散開を命じた直後に、米空母がさらにもう一隻見えてきた。いまだ距離が遠く艦型まで特定することはできないが、疑いなく空母で決して見まちがいではない。しかし、出撃前に〝四隻！〟と聞かされていたので、いまだ見えない敵空母二隻が水平線の向こうで隠れているはずだった。

　――四隻とも見つけ出す必要がある！

　村田はとっくにそう決意していたが、幸いにして、攻撃機は優に一〇〇機以上も残っており、もうひとつの敵空母群は、東へ一〇海里ほど離れて行動しているはずだった。

　さらに近づくと、二隻目の空母は一隻目と比べてあきらかに全長が短く、それがワスプ型であることを村田は確信した。

　――これは『ワスプ』だ！　ならば、もう一群の敵空母二隻はエンタープライズ型だな！

　そう思うや、村田は俄然突撃命令を発し、眼下の空母二隻に対して艦爆四九機と艦攻三八機を攻撃に差し向けた。そしてみずからは、艦爆二五機と艦攻二二機を直率してなおも東進、その上空を零戦一八機で護らせた。

　直衛隊の零戦もすでにその数を三一機に減らしていたが、かれは零戦一三機を西に残し、それら零戦で別動隊の上空を護らせることにした。

　別動隊の艦爆および艦攻は村田機の発した突撃命令を受け、眼下の空母二隻に対して早くも襲い掛かろうとしている。

それをきっちりと確かめてから、村田機以下の本隊はさらに東へと急いだ。

そうはさせじと敵戦闘機もしぶとく追撃して来る。村田本隊もここが〝勝負所！〟と進撃速度を二〇〇ノットちかくまで引き上げた。

本隊の飛行速度はもはや艦攻の〝いっぱい〟にちかいが、それでもなお二〇機以上のグラマンから追撃を受けた。

はたして約四分後。村田少佐はさらに零戦三機と艦爆、艦攻二機ずつを失いながらも、三隻目の米空母を洋上に発見した。

全長が二五〇メートルちかくもあろうかというその空母は、狙うエンタープライズ型にちがいなく、そう見てとるや、村田少佐はとりもなおさず突撃命令を発した。

「全機、突撃せよ！（ツツツツツッ！）」

猛烈な対空砲火も相まって本隊はさらに艦爆四機と艦攻二機を喪失。残る兵力が艦爆一九機、艦攻一八機となるまで数を減らしており、さすがの村田も、これ以上の東進はいかにも〝無謀にちがいない！〟と判断した。

この判断はなるほど賢明にちがいなく、強《し》いて東進を続けると、攻撃機の数は三〇機ちかくまで落ち込んでしまうだろう。だとすれば、四隻目の敵空母に対しては大した攻撃兵力を割くことができず、かえって兵力の分散をまねくようなことになりかねない。

どう考えてもこのあたりが潮時で、満足のゆく兵力が残っているあいだに、村田は三隻目の米空母に集中攻撃を加えることにした。

狙われたのは、まさにハルゼー中将の将旗を掲げる、空母「エンタープライズ」だった。

同艦の周囲には、戦艦「サウスダコタ」をはじめとする護衛艦艇が左右にぎっしりと張り付いており、旗艦「エンタープライズ」を取り巻くその艦艇群はすでに西北西へ向け、三〇ノット以上の高速で疾走しつつあった。

かたや、もう一隻の空母「ホーネット」は、重巡一隻と駆逐艦四隻のみを伴い、遠く東へ向けて退避しようとしている。

周囲を厳重に護られた「エンタープライズ」で敵機の攻撃を吸収し、「ホーネット」を〝無傷のまま逃してやろう〟というのが、ハルゼー司令部の考えた、強《したた》かな防衛策だった。

それだけではない。ウィリス・A・リー少将麾下の戦艦「ワシントン」や重巡なども「エンタープライズ」を中心とする輪形陣に加わり、猛烈な弾幕を張っている。

その弾幕をものともせず日の丸飛行隊が猛然と突っ込むも、投弾を開始する前に、村田雷撃隊はさらに艦攻四機を失い、降下爆撃隊も五機を失ってしまった。

かれら攻撃隊の技量も決して低くはない。合わせて二八機の艦爆、艦攻が投弾に成功し、かなりの命中を得てもよいはずだったが、がっちりと輪形陣を組む米軍機動部隊の防空力は、緒戦よりも格段に強化されていた。

――狙うは空母ひとつだ！

村田機以下はそう決意し、艦爆や艦攻が二〇分以上にわたって、代わるがわる決死の突入を試みた。ところが、思うように命中を得られず、爆弾二発と魚雷二本を命中させるのが精いっぱいだった。しかも魚雷のうちの一本は敵重巡に命中しており、空母への命中を阻止された。

じつは、魚雷を喰らった重巡は「ニューオリンズ」で、同艦にはレイモンド・A・スプルーアンス少将が座乗していた。

スプルーアンスはみずからの乗る「ニューオリンズ」を盾とし、「エンタープライズ」に二本目の魚雷が命中するのを阻止したのだった。

これにはさすがの村田少佐も参った。

空母「エンタープライズ」は投じられた爆弾や魚雷を次々とかわしてみせたが、赤城爆撃隊の投じた爆弾一発がついに飛行甲板のほぼ中央に命中し、その直後に「エンタープライズ」の対空砲が一瞬だけ沈黙した。

そこへすかさず艦爆、艦攻三機ずつが襲い掛かって爆弾一発と魚雷一本が立て続けに命中。さしもの「エンタープライズ」も速度が一気に一〇ノットちかくまで低下した。

狙う空母の動きがあきらかに鈍り、それを観て村田少佐がいよいよ命じた。

「よし、もらった！　敵空母の左舷側から一気に突っ込むぞ！」

その約四〇秒後、村田・第一小隊の艦攻三機が必中の魚雷を投下し、そのうちの一本が、行き足の衰えた「エンタープライズ」の艦腹をまぎれもなく捉えようとしていた。

まっすぐに海中を突き進むその魚雷と、狙う敵空母との距離はもはや一〇〇〇メートルを切っており、愛機が「エンタープライズ」の艦橋すれすれを飛び超えた直後に、村田も〝これは必ず当たる！〟と命中を確信した。

ところがその刹那に、急加速した「ニューオリンズ」が突如として立ち塞がり、空母への命中を阻止したのである。

重巡「ニューオリンズ」の艦首は原形をとどめぬほどへし曲がり、そこから破裂するように海水がどっと噴き昇って、同艦の速度はいきおい六ノットまで低下した。

それでもなお、「ニューオリンズ」は自力航行を続けていたが、旗艦としていかにも不都合となったため、スプルーアンス少将は重巡「ミネアポリス」へ移乗して、大破した同艦をラハイナ泊地へ退避させた。

結局「ニューオリンズ」は戦線復帰に六ヵ月を要する大損害をこうむったが、窮地を脱した「エンタープライズ」は、およそ三〇分後には飛行甲板の穴を塞ぎ、速力二四ノットでの航行が可能になった。

「戦闘機の運用は充分できますし、攻撃機の着艦収容も可能です！」

艦長のアーサー・C・デヴィス大佐がそう報告すると、ブローニングは胸をなでおろし、ハルゼー中将は大きく〝して、やったり！〟とうなずいてみせた。

捨て身となった敵巡洋艦の突進に魚雷の命中をはばまれ、これには村田少佐も思わず舌打ちして悔しがったが、攻撃を加えた敵空母の艦上からもいまだに煙が昇っており、村田は〝空母にも一定の損害をあたえたにちがいない！〟とみずからに言い聞かせて、列機に集合を命じた。

それが午前九時五分ごろのことで、村田機の命令に応じて帰途に就くことができたのは零戦一三機、艦爆一四機、艦攻一三機の合わせて四〇機でしかなかった。

結局、村田少佐の本隊は敵空母攻撃中に零戦をふくめて二五機を失っていた。

損害機の割合は四〇パーセントちかくに達しており、村田機自体も一〇発ちかくの敵弾を喰らっていたが、肝心の空母に中破程度の損害しかあたえることができず、本隊の攻撃はおよそ不本意な結果に終わってしまった。

この結果に満足できず、村田少佐もさすがに肩を落としていたが、列機を率いて西へもどってゆくと、そこではうって変わってすばらしい光景が現出していた。

本隊が東へ攻撃に向かいもどって来るまでのおよそ三〇分のあいだに、別動隊は容赦なく二隻の米空母に猛攻を加えて、きっちり二隻とも撃破していた。

二隻の艦上からもうもうたる黒煙が昇り、サラトガ型とおぼしき敵空母は艦が左へ傾いて、速度も大幅に低下していた。

その行き足は一〇ノットちかくまでおとろえており、すでに致命的な打撃をこうむっていると思われる。同艦が戦闘力を喪失したことはあきらかだった。

かたや、もう一隻の敵空母はより深刻な打撃を受けており、ワスプ型とおぼしき、その敵空母はすでに航行を停止していた。

すると、別動隊を率いて攻撃を指揮した、関《せき》衛《まもる》少佐の艦爆が村田機に近寄り、関少佐が、村田へ向けて、大きく右こぶしを挙げてみせた。

――二隻ともやっつけたぞ！

海兵同期の村田に対して遠慮なく戦果を誇ってみせたのだが、それもそのはず。

別動隊は実際に、「サラトガ」に爆弾五発と魚雷二本、「ワスプ」にも爆弾三発と魚雷四本を命中させて、二隻とも大破していたのだった。

そして、よく観てみると、ワスプ型とおぼしき米空母は右への傾斜を次第に強めて、ゆっくりと波間へ没しようとしている。

退去命令がすでに出されており、駆逐艦とタグボートが横付けされて乗員が次々とそちらへ移乗していたので、この敵空母が沈みつつあることはまずまちがいなかった。

別動隊は、敵空母二隻のうちの一隻をまんまと沈めてみせたのだから、関がこぶしを挙げて勝ち誇るのも無理はなかった。

村田が飛行帽を持ち上げてにわかに〝脱帽〟してみせると、関は笑みを浮かべながら、あらためて〝どうだ！〟と誇らしげにうなずいた。

別動隊もすでに全機が攻撃を終えており、関機の周りに続々と攻撃機が集まって来る。

時刻は午前九時一二分になろうとしていた。

別動隊もまた、零戦をふくめて二七機を失っており、残る攻撃機は零戦一一機、艦爆三五機、艦攻二七機の計七三機となっていた。こちらの損耗率も二七パーセントに達している。

それとは別に、制空隊の零戦はグラマンを相手に、なおも空中戦を続けていた。いつ果てるとも知れない戦いだが、それら零戦は味方攻撃機をじかに護る必要がなく、自在に動きまわっておよそ戦いを優位に進めていた。

それでも零戦九機を失っていたが、反対に一五機以上のグラマンを撃墜しており、残る制空隊の零戦二七機は、村田本隊や関別動隊を敵戦闘機の追撃からおおむね解放しつつあった。

艦爆や艦攻はすべて攻撃を終えていたので、直衛隊の零戦二四機も、すでに戦闘機同士の戦いに加わりつつある。

そのおかげで、関機や村田機はおよそ悠々と敵艦隊の上空を飛んでいられるが、戦闘機の数はいまだ敵味方で拮抗しており、まだまだ油断は禁物だった。

実際ハルゼー、フレッチャー機動部隊の上空を護るワイルドキャット戦闘機は依然として五七機が残っていた。これまでの空中戦で零戦は二一機を失い、ワイルドキャットは二七機を失っていたことになる。

関機と離れて上空をもう一度大きく旋回してみると、ワスプ型の米空母はあきらかに沈みつつある。敵空母〝一隻撃沈、一隻大破、一隻中破〟という戦果はまずまずにちがいなく、村田は午前九時一五分にようやく引き揚げを命じた。

ところが村田は、帰投機の先導を関少佐に一任し、なかなか帰途に就こうとしない。

いや、村田機だけでなく、多くの零戦もまた敵艦隊上空で粘り続けていた。

やがて、関機以下が北北西へ向けて帰投してゆくと、村田機は高度を確保しながら、じつに気の利いた報告をおこなった。

『敵空母一隻撃沈、二隻撃破す！　攻撃隊の進軍基点より東へ二〇海里ほど離れた洋上に、無傷の米空母がもう一隻存在すると思われる！』

これはあきらかに空母「ホーネット」の存在を示唆した電報であり、村田が愛機と一緒に多くの零戦を敵艦隊上空に残したのは、じつは第二波攻撃隊の突入を容易にするためであった。

村田は四隻目の敵空母を視認したわけではなかったが、「エンタープライズ」を攻撃する直前に、東へ向けて退避しようとする敵艦隊のもう一群に気づいていたのだった。

一航戦の三空母から飛び立った第二波攻撃隊は江草隆繁《えぐさたかしげ》少佐が指揮官を務めており、今現在、米艦隊上空をめざして進撃している。江草少佐も村田と海兵同期だが、第二波には零戦が二七機しか随伴していない。

わずか二七機の零戦で敵戦闘機の迎撃網を突破するのはなるほどむつかしく、敵戦闘機の障害を取り除くために、村田はあえて第一波の零戦を敵艦隊上空にとどめてグラマンの動きを掣肘《せいちゅう》、第二波攻撃隊の進入を〝容易にしてやろう〟と考えたのだった。

はたして、米艦隊上空をめざして空中進撃中の江草機は、村田機の発した先の電報を、首尾よく受信した。

二人は阿吽《あうん》の呼吸というか、意思の疎通に多くの言葉を必要としなかった。

――ははあ、敵空母四隻のうちの三隻はやっつけたが、一隻はやりそこない、その一隻を攻撃せよというのだな……。なるほど、そいつが東へ二〇海里ほど離れているのか……。よし、とりあえずそちらへ向かってやる！

江草はとっさにそう読み取り、第二波攻撃隊の針路を東寄りに執った。同時に江草は攻撃隊の飛行高度を三〇〇〇メートルから一気に三〇〇メートルまで低下させてゆく。

第二波攻撃隊はこの時点でフレッチャー部隊の手前（北北西）およそ五五海里の上空まで近づいており、じつは米艦艇の多くがすでに、江草隊の接近をレーダーで捉えていた。

ところが、江草機以下がにわかに高度を下げたため、米艦艇のレーダーからその機影が一時的に消えてしまった。

そのため江草隊が東寄りに針路を変えたこともわからず、多くのワイルドキャットが依然として第一波・零戦との戦いに明け暮れていた。

いっぽうで村田少佐は、第二波攻撃隊が米艦隊上空へ進入して来るのは〝午前九時四〇分ごろになるだろう……〟と予想し、時計の針が九時二五分を過ぎるとようやく第一波の零戦に引き揚げを命じた。

むろん村田機みずからも機首を北北西へ取って返し、落伍した零戦がいないかどうか、それだけをもう一度、確かめてから帰途に就いた。

——これだけ敵戦闘機の多くを西方へ引き付けておけば、あとは江草が必ず、うまくやってくれるだろう……。

はたして、江草機が列機を従えて上昇に転じたのは午前九時二八分のことだった。

江草隊は四分ほどで一気に高度三〇〇〇メートル付近まで上昇し、米艦艇搭載のレーダーが再びそれを捉え始めたが、そのときにはもう後の祭りとなっていた。

艦隊上空を護る大半のワイルドキャットが、そのとき、引き揚げようとする第一波の零戦に追い撃ちを掛けていたのである。

——新手の日本軍機が来襲するとしても、それは北北西からだろう。退却しようとする、これらゼロ戦を追撃してゆけば、おのずと新手の敵機群に出くわすはずだ！

ワイルドキャットのパイロットはみな、そう思い込んでおり、結果的にこの追撃が〝深追い〟となってしまった。

ハルゼー司令部は大急ぎでワイルドキャットを東へ呼びもどしたが、もはや手後れだった。

江草隊がまもなく高度三〇〇〇メートルを確保すると、それから二分と経たずして、江草は狙う米空母を発見した。

——よし、ドンピシャだ！

いや、じつのところ第二波攻撃隊はすこしばかり東へ飛び過ぎていた。「ホーネット」が「エンタープライズ」と合同するために西へ変針していたからである。

日本軍・第一波攻撃隊の空襲が止むと、「ホーネット」はいつまでも東進しておられず「エンタープライズ」との合同をめざした。当然で、いつまでも東進を続けていると日本軍機動部隊へ向けて放った味方攻撃機を収容できなくなる。

いまだ作戦可能な「エンタープライズ」と「ホーネット」は、なおも北進を続けて、どうしても味方攻撃隊を迎えにゆく必要があった。

フレッチャー部隊の二空母「サラトガ」と「ワスプ」は、周知のとおり航空母艦としての機能をすでに喪失していた。

江草は針路をすこし西へ修正。列機を敵空母の上空へ導くと、いよいよ確信した。

——まちがいない！　これは第一波が撃ちもらしたヤツだ！

めざす敵空母の速力は三〇ノットちかくは出ており、艦上から煙も立てず飛行甲板もピカピカに光っている。それが今、大きく左旋回に入ろうとしているが、その行く手・はるか西方洋上に、江草はもう一隻の米空母をも発見した。

——おやっ？　向こうにもいるぞ！　あちらもエンタープライズ型のようだが、……速度はさほど出てないな……。

どちらを攻撃するか、江草も一瞬迷った。

けれどもそれは、まさに一瞬のこと。どちらの空母をやるのが正解か、とっさの判断でたしかな答えを出すのはむつかしいが、眼下の敵空母が戦闘力を維持しているのは火を見るよりもあきらかだった。

——コイツ（ホーネット）を攻撃しておいて損になるようなことは断じてない！

そう決心するや、江草は即座に突撃命令を発して、攻撃を急いだ。

攻撃を急いだのには理由がある。村田少佐の本隊を追撃して先刻東進していたワイルドキャット一五機ほどが、もう一隻の米空母（エンタープライズ）の上空でたむろしていたのだ。そのうちの数機がすでに江草隊へ迫ろうとしている。

江草は零戦九機に迎撃を命じ、その上で空母への攻撃を急いだ。

狙われたのはいうまでもなく、「ホーネット」のほうだった。

指揮官先頭、真っ先に江草少佐の直率する魁鷹降下爆撃隊・第一小隊の艦爆三機が逆落としとなって突っ込み、ものの見事に二五〇キログラム爆弾一発を命中させた。

その瞬間、空母「ホーネット」の艦上にまばゆい閃光が走り、飛行甲板・前部でたちまち火災が発生した。

第二波攻撃隊はいまだ攻撃機を一機も失っていない。翔鶴、瑞鶴雷撃隊の艦攻三六機はすでに低空へ舞い下り、残る魁鷹隊の艦爆一五機も続けとばかりに降下してゆく。

米軍護衛艦艇の多くが「エンタープライズ」のほうに集中しており、「ホーネット」の護りはあきらかに手薄となっていた。

　村田機の発した先の報告電のおかげで、江草の第二波攻撃隊は米側の隙を突いて、まんまと奇襲を仕掛けることができたのだ。米軍将兵の注意は大方、北北西へ向けられていた。

　それでも、「ホーネット」に寄り添っていた、唯一の重巡「ポートランド」を中心にしゃかりきとなって弾幕を展張したが、対空砲火で撃ち落とすことのできた日本軍機は、艦爆二機と艦攻三機にすぎなかった。

　ただし、攻撃開始からおよそ一〇分後に、ハルゼー部隊の上空へ多くのワイルドキャットが舞いもどり、それからは戦闘機同士の戦いがにわかに混戦となって、いまだ攻撃を終えていない一部の艦爆や艦攻も襲撃を受けた。

　猛烈な射撃を喰らい、たちどころに艦爆一機と艦攻三機が火を噴いた。

　艦隊を護るワイルドキャットは依然として五〇機ほどが残っており、第二波の零戦もその襲撃を完全には阻止することができない。

　しかし、かれら白面のパイロットは、零戦との激しい空中戦をたっぷり一時間以上も続け、もはや疲労困憊となって一撃を仕掛けるので精いっぱいだった。ガソリンも残り少なく、再び高度を確保したときには大半の日本軍機が空母への攻撃を終えていた。

　かれらが護るべき「ホーネット」は多数の爆弾や魚雷を喰らい、艦上からもうもうと黒煙を上げている。いや、それだけではない。舷側から昇った水柱は少なくとも四本をかぞえ、速度も大幅に低下していた。

　結局、第二波攻撃隊は艦爆一四機と艦攻二八機が投弾に成功していた。

一航戦の飛行隊のみで編成された第二波攻撃隊は搭乗員の技量がよほど高く、降下爆撃隊は「ホーネット」に対して爆弾四発を命中させて、雷撃隊も同艦の左右両舷に三本ずつ、計六本の魚雷を命中させていた。

艦内三ヵ所で火災が発生し、「ホーネット」の飛行甲板はめちゃくちゃに破壊されている。それでもなお艦は平衡を保っており、沈むような気配をみせなかった。

艦橋では艦長のチャールズ・P・マッソン准将が声を張り上げ、艦内各所と連絡を取っている。

その指示を受け、ダメコンチームが大わらわとなって復旧作業に当たっていたが、その努力もむなしく、まもなく機関部から艦長に対して『大量の浸水をまねいて主機が全滅した！』との報告がなされた。

報告を受けた途端にマッソンはがっくりと肩を落とし、観念した。

——万事休す……、天はわれを見放した。

それでもまだ、「ホーネット」は惰性で動いていたが、やがて、機関部からの報告を証明するようにして、航行を停止した。

激しい空中戦も今やおさまりつつある。

ワイルドキャットは先を争うようにして「エンタープライズ」に着艦し始めた。

日本軍機もすでにその多くが上空からすがたを消していたが、独り江草機のみは、敵空母がすっかり航行を停止したことを確認してから、機首を北北西へ向けた。

それは午前一〇時一六分のことだった。

マッソン大佐は復旧の〝見込みなし！〟と判断して、まもなく総員退去を命じた。

旗艦・空母「エンタープライズ」の艦橋で、僚艦「ホーネット」が〝航行を停止した！〟との報告を受け、ブローニングは言葉をなくして茫然と立ち尽くし、さしものハルゼー中将も落胆の色をかくしきれなかったのである。

2

ハルゼー機動部隊も決してやられっ放しではない。アメリカ軍の空母四隻から出撃した攻撃隊もまた、オアフ島西方上空を北北西へ向けて着実に進撃していた。

戦艦「大和」のレーダーがそれを探知したのは午前八時三〇分前のことだった。「武蔵」のレーダーにも同様の反応があり、通信参謀が急ぎ艦橋へ駆け込み報告した。

「レーダーが敵機大編隊を探知しました！　あと三〇分ほどで上空へ来襲します！」

戦艦「大和」にはいうまでもなく、山口大将が座乗している。

山口はこれに〝来たかっ！〟とうなずき、小沢中将の旗艦「魁鷹」へ至急、そのむねを知らせるように命じた。

連合艦隊の旗艦「大和」からのレーダー情報を受け、機動部隊の旗艦・空母「魁鷹」の艦橋では小沢が渋い表情でつぶやいた。

「もう来たか……。航空参謀！　敵機があと三〇分ほどで来襲するが、第三波攻撃隊の発進は間に合うかね？」

周知のとおり、一航戦以外の九空母はオアフ島攻撃から帰投して来た艦載機を第三波攻撃隊として発進させることになっていた。

その発進準備は午前九時ごろにととのうが、全機が発進を終えるのは〝九時一五分〟ごろになると予想される。

ぎりぎり間に合いそうになく、小沢が心配するのも当然だが、航空参謀の源田は、ここは弱気の虫をねじ伏せて、強く進言した。

「確かにぎりぎりですが、零戦をまず迎撃に上げて敵攻撃隊に足止めを喰らわせます！　先ほども申し上げましたが、ここは腹をくくって第三波を出しましょう！」

間に合うかどうか、ひとつの大きな賭けになるが、信頼すべき源田はあきらかに第三波の出撃を望んでいる。それに迎撃に向かう零戦もたっぷり一五〇機以上は用意されていた。

一瞬だけ迷ったが、小沢も直後に肚《はら》を決め、源田の進言にうなずいた。

「退避させるとしても、どのみち上空へ上げる必要があるしな……。よし、わかった！　第三波を予定どおりに出そう！　準備を急ぐよう、みなにもう一度、発破を掛けてくれ」

小沢がそう決意してみせると、源田も意気に感じてうなずいた。

空母一二隻の艦上では、整備員だけでなく搭乗員も手を貸して攻撃隊の準備に拍車が掛かり、第一航空戦隊の空母三隻と第四航空戦隊の軽空母三隻の艦上からは、まもなく迎撃戦闘機隊の零戦が発進を開始した。

先発する零戦は六隻あわせて六〇機。まずはこれら六〇機で米軍攻撃隊をしっかり足止めしようというのだが、それ以外の空母九隻は第三波の攻撃機だけでなく、迎撃に向かう零戦の発進準備も同時におこなう必要があった。

出撃機の数が多いが、およそ問題はない。

艦体が大きい「赤城」「加賀」は一度に三六機を発進させられるし、出撃機の多くを身軽な零戦が占めていた。

第三波攻撃隊／攻撃目標・米空母三隻
②空母「赤城」／零戦六、一二、艦攻一八
②空母「飛龍」／零戦六、九、艦爆一五
②空母「蒼龍」／零戦六、九、艦爆一五
③空母「加賀」／零戦六、一二、艦攻一八
③空母「飛鷹」／零戦六、一二、艦爆一二
③空母「隼鷹」／零戦六、一二、艦爆一二
④軽空「龍鳳」／零戦三、一二、艦爆六
④軽空「祥鳳」／零戦三、一二、艦攻六
④軽空「瑞鳳」／零戦三、一二、艦攻六
※○数字は各航空戦隊、下段の零戦は迎撃用。

第三波攻撃隊の兵力は、零戦四五機、艦爆六〇機、艦攻四八機の計一五三機。

艦爆はすべて二五〇キログラム通常爆弾一発ずつを装備し、すべての艦攻が航空魚雷を装備している。

攻撃隊準備中に第一波指揮官の村田少佐機から報告が入り、四隻の米空母のうちの一隻はすでに沈みつつあることが判明した。よって、第三波の攻撃すべき敵空母は三隻ということになる。

第三波攻撃隊の発進準備は予定どおり午前九時に完了しそうだったが、それと相前後して午前八時四五分には後発の迎撃用零戦も九空母の艦上から順次発進を開始した。

後発の零戦は計一〇二機。「飛龍」「蒼龍」のみは九機ずつを発進させて、残る七空母は一二機ずつを発進させる。すでに飛び立った先発の六〇機と合わせて、総計一六二機の零戦で〝敵攻撃隊を迎え撃とう!〟というのだ。

かたや、第三波に随伴してゆく零戦は周知のとおり四五機となっている。味方空母群がまもなく空襲を受けるのは必定。そのため小沢中将としては、艦隊上空の護りに多くの零戦を充当せざるをえなかった。

空母九隻は北東から吹く貿易風へ向けてすでに疾走しており、後発組の零戦一〇二機も午前八時五〇分にはすべて上空へ舞い上がった。

それら迎撃用の零戦は二五秒間隔で発艦してゆき、一二機を発進させる母艦七隻もわずか五分の早業で発進作業を完了した。

そして、後発の零戦が発進を開始するのと時を同じくして、午前八時四五分には、先発した零戦六〇機と来襲した米軍攻撃隊の第一群とのあいだで、早くも空中戦が始まっていた。

先発した六〇機の零戦は、自軍艦隊の手前(南南東)およそ四〇海里の上空で迎撃網を構築しており、そこへ米軍・第一次攻撃隊の第一群が大挙して近づいて来た。その数およそ一一〇機。

敵・第一群の攻撃機は五〇〇ポンド爆弾を装備した急降下爆撃機ばかりで、その数はドーントレス七二機。上空には四〇機のワイルドキャットが護衛に張り付いていた。

先発した零戦隊は、敵戦闘機とほぼ同数の三九機で、まずワイルドキャットに空戦を挑み、残る二一機でドーントレスに対して波状攻撃を仕掛けてゆく。

第三波攻撃隊が発進を終えるまでは、敵機の進入を断じてゆるすわけにはいかなかった。

迎撃戦闘機隊の搭乗員はみな、そのことを肝に銘じていたが、かれらが護るべき一二隻の母艦は後発の零戦一〇二機を発進させたあとも、風上へ向け疾走し続けていた。

――あと、もうすこしだ。急げ！

格納庫に下りていた後部エレベーターへ、魚雷を装備した最後の艦攻が載せられ、いよいよそれが「赤城」「加賀」の飛行甲板へせり上がってゆくと、両空母の乗員が祈るような思いで、こぞってそう念じた。

最後の艦攻が飛行甲板へ上がって来るのと同時に、「赤城」「加賀」のマストにスルスルと〝発艦準備よし！〟の信号旗が揚げられる。残る七空母のマストにはすでに同様の信号旗が翻《ひるがえ》っていた。

それを双眼鏡で確認し、源田が〝よし！〟とうなずき、小沢中将に報告した。

「第三波の発進準備がととのいました！」

これに小沢がうなずくと、時計の針がちょうど午前九時を指した。

「第三波攻撃隊を出撃させよ！」

間髪を入れずに小沢がそう命じると、各艦長が攻撃隊に発進を命じ、空母九隻の艦上から一斉に先頭の零戦が発艦を開始した。

問題はやはり「赤城」と「加賀」だった。両艦は他空母より出撃機数が多く二四機ずつを発進させねばならない。しかし、迎撃戦闘機隊の零戦はすでに全機が発進を終えており、第三波攻撃隊は予定より早く、午前九時一〇分には発進を終えられそうだった。

みなの努力の成果だが、そこは米軍も抜け目がなく、先行した第一群は比較的軽快なワイルドキャットとドーントレスで統一されていた。

第一群のドーントレスが、すべて五〇〇ポンド爆弾の搭載で我慢していたのは、すばやい攻撃を可能にするのが目的だった。

まもなく後発組の零戦も迎撃に加わり、数でも米側を圧倒。迎撃戦闘機隊はグラマンをすっかり空戦にまき込み、ドーントレスを次々と撃退してゆく。鉄壁の防御網だが、さしもの零戦も敵機の進入を完全に阻止することはできなかった。

午前九時八分。零戦の迎撃網を掻いくぐった九機のドーントレスが、こしゃくにも艦隊空母群の上空へ進入して来た。

そのとき、「赤城」「加賀」以外の七空母はおおむね攻撃機の発進を終えており、とっさに回避操作を執ることができた。だが、「赤城」「加賀」では一五機目の艦攻が飛び立った直後で、艦上にはいまだ艦攻三機ずつが残されていた。

両空母はまさに危機的状況を迎えようとしていたが、速力三〇ノット以上を有する高速艦ばかりで戦隊を組んでいた「赤城」は北東へ向けて先行しており、二航戦の三空母は寸でのところで難を逃れた。「赤城」も無事、午前九時一〇分には攻撃隊の発進を完了した。

それとはうって変わって、飛鷹型空母の速力に合わせて航行していた三航戦は、独り後方へ取り残されてしまった。

航続力に不安のあるドーントレスは当然、攻撃を急ぎ、後方に位置していた三航戦の空母に襲い掛かった。

九機のドーントレスから狙われたのは、三航戦の三空母のなかで最も艦が大きい「加賀」と、同艦の右（南東）後方でぴたりと追走していた三番艦「隼鷹」だった。

ドーントレスは、五機が「加賀」の飛行甲板へ向けて急降下し、残る四機が「隼鷹」をめざして突入した。

空母「隼鷹」はすでに攻撃機の発進を終えていたが、「加賀」は敵機の進入に気づくや、攻撃機の発進を急遽中止して、左へ大回頭し始めた。

三航戦の三空母は山口大将が直率する第一艦隊に属しており、護衛に張り付いていた「大和」「武蔵」以下が猛烈な弾幕を展張して敵機の突入を妨害しようとしたが、爆弾の命中を阻止することはできなかった。

午前九時一三分。空母「加賀」「飛鷹」はともに爆弾一発ずつを喰らってしまい、艦上でたちまち火災が発生した。

戦艦列との距離が近く、山口大将も「大和」艦上から〝どうなることか……〟と心配そうに事のなりゆきを見守っていたが、すでに飛行甲板が空になっていた「隼鷹」は、ほどなくして消火に成功、速度が二ノットほど低下したが、およそ事なきを得た。

どうやら「隼鷹」は被害を最小限で喰い止めたようだったが、「加賀」はそういうわけにはいかない。艦上で発生した火災が未発進となった三機の先頭で駐機していた艦攻に飛び火して、爆弾命中からおよそ二分後に同機の魚雷が誘爆を起こしてしまった。

これで火がますます燃え広がり、それが艦の奥深くまで達して、「加賀」はボイラーが損害を受けた。それでも被弾から一〇分ほどして、ようやく火災が沈静化し始めたが、速度は一気に一八ノットまで低下して、「加賀」は独り後方へ落伍し始めたのだった。

そして、同艦の受難はなおも続いた。

午前九時五分過ぎには米軍攻撃隊の第二群が空戦場へ現れ、日米両軍機が入り乱れての空中戦がより激しさを増していた。

米軍攻撃隊の第二群には戦闘機の護衛が付いていない。とはいえドーントレス爆撃機七二機、アヴェンジャー雷撃機五四機の計一二六機が迫り来て、その数は第一群よりも多かった。

しかも、いまだに第一群のワイルドキャットが空戦場で粘り続けており、さしもの零戦もグラマンを相手にしつつ、群がる新手の敵機を撃退するのにかなり手を焼いた。

迎撃戦闘機隊の零戦は一四〇機以上の兵力を残していたが、空戦場が味方空母群の方へよほど近づいており、第二の敵機群にはおよそ波状攻撃を仕掛けることができなかった。

それでも零戦の数が多く、迎撃戦闘機隊は一五分におよぶ空中戦の末に、一〇〇機以上の敵機を撃退してみせたが、二〇機以上の敵機を取り逃して艦隊上空への進入をゆるしてしまった。

まんまと零戦の迎撃網を突破したのはドーントレス一四機とアヴェンジャー九機で、それら二三機は、すでに落伍しつつあった「加賀」をいとも簡単に発見した。

アヴェンジャーはむろん全機が魚雷を装備しており、第二群のドーントレスはすべて破壊力の大きい一〇〇〇ポンド（約四五四キログラム）爆弾を装備していた。

二三機の米軍機は重量級の爆弾や魚雷を装備していた上に、日本の空母群も北東へさらに遠のいていた。そのため二三機の攻撃もまた、落伍した空母「加賀」に集中してしまったのだ。

はたして、「加賀」の火災はそのころようやく沈静化し始めていたが、火を完全に消し止める前に不運な「加賀」は、第二群の敵機から再度空襲を受けた。

同艦の速力はすでに一八ノットまで低下しており、投じられた爆弾や魚雷をかわしきるような余力は、今の「加賀」にはとても残されていなかった。頼みとする「大和」「武蔵」などとも三〇〇〇メートル以上は離れてしまい、さらに爆弾三発と魚雷二本を喰らった「加賀」は大量の浸水と業《ごう》火《か》に見舞われ、速度がいよいよ五ノットまで低下したのである。

元は戦艦として建造されていただけに、それでも「加賀」は沈むような気配を見せなかった。けれども、消火に成功したのはようやく一時間後のことで、速力はついに回復しなかった。

むろん航空母艦としての機能は完全に失われており、事態を重くみた山口大将は、「加賀」をミッドウェイ方面へ退避させるように命じ、三航戦司令官の原忠一《ちゅういち》少将は旗艦を変更、空母「飛鷹」に将旗を移した。

結局、加賀雷撃隊の艦攻三機が発進できず、第三波攻撃隊は零戦四五機、艦爆六〇機、艦攻四五機の計一五〇機となって進撃して行った。

時刻は午前九時四八分になろうとしている。

連合艦隊の上空からすべての米軍機がすがたを消し、空襲をまぬがれた一〇隻の母艦に迎撃隊の零戦が順次着艦、収容されてゆく。

まもなく「隼鷹」も飛行甲板の応急修理に成功し、その収容に加わった。同艦の速力は二四ノットに低下しており、攻撃隊の発進には制約を受けるが、戦闘機の運用は充分可能であった。

迎撃戦闘機隊の零戦は、四二機を失いながらも一〇〇機以上の敵機を撃墜し、八〇機ほどの敵機を艦隊上空進入前に退散させていた。

米軍攻撃隊は、多数の零戦が待ち構えるなかへ突入するかたちとなり、出撃機の四三パーセントにも及ぶ攻撃機を喪失していた。

防空戦を戦い終えた零戦一二〇機は午前一〇時一〇分までにすべて収容されたが、そのうちの九機は再発進不能となっており、連合艦隊は防空戦において、実質的には五一機の零戦を失っていたことになる。

「やはり完全には間に合わず、『加賀』がやられたか……」

結果を受け、「魁鷹」の艦橋で小沢中将はそうつぶやいたが、味方空母が二、三隻ほど傷付くのはもとより覚悟の上での出撃だった。

同じく空襲を受けた空母「隼鷹」がいまだ作戦可能なため、戦闘力を奪われた空母がわずか「加賀」一隻のみで済んだのは、むしろ上出来にちがいなかった。

「もうすこしのところでしたが、……申し訳ございません」

源田がそう応じると、小沢は声をはげましつつかぶりを振ってみせた。

「いや、『加賀』はたしかに残念だが、一五〇機もの攻撃機を第三波として出せたのだから、この決定はやはり正しかった！　……きみが謝る必要などないさ……」

空母「加賀」以外の母艦一一隻はいまだ悠々と航行しており、第一波、二波攻撃隊からは〝米空母一隻撃沈、二隻大破、一隻中破〟という戦果報告が入っていた。

第二波攻撃隊から報告があったのは午前一〇時一六分のことで、味方はまちがいなく戦いを優位に進めつつある。小沢が声をはげましたのは決して空元気ではなかったが、源田は「正しい決定だった！」という小沢中将の言葉に救われた。

そしてなにより、危険を承知の上で出撃させた第三波攻撃隊が、残る三隻の米空母に卒なく追い撃ちを掛けてくれれば、米軍機動部隊を十中八九ハワイ近海から退けることができるのにちがいなかった。

小沢や源田は固くそう信じていた。

いや、ふたりだけではない。

「第三波攻撃隊は、ちょうど一五〇機が出撃した模様です」

幕僚から報告を受け、山口大将もまた〝勝利はちかい！〟と思い始めていたのである。

3

帰投中の攻撃隊から報告を受け、ハルゼー中将は日本軍の〝空母一隻を大破し、もう一隻を中破した！〟と確信していた。その報告があったのは午前九時五〇分ごろのことだった。

――大破したジャップの空母は上手くすると沈むかもしれない……。

ハルゼーはそう期待していたが、それからしばらくして、敵空母から新たな攻撃隊（第三波）も出撃したことがわかり、ハルゼー中将はにわかに顔をしかめた。

「おい。どうやらわれわれの思惑どおりにはいかなかったようだ……。オアフ島を空襲した敵機が今度はこちらへ向かって来るぞ！」

ハルゼーが指摘したとおり、再発進準備中の敵艦載機を〝空母もろとも海へ沈めてやろう！〟というブローニングのもくろみは、なるほど失敗に終わったようだった。

ブローニングもそのことは認めざるをえず、ハルゼーの言葉に力なくうなずいた。

味方攻撃隊が撃破した敵空母はわずか二隻にすぎず、オアフ島を空襲した敵機が、撃ちもらした残る敵空母一〇隻から〝そろって飛び立った〟とすれば、その数は優に一〇〇機を超えるにちがいなかった。

――だとすれば、『エンタープライズ』や『ホーネット』も危ない！

ところが、ハルゼーやブローニングがそう考えていたところへ、さらに追い討ちをかけるような事態が発生した。

周知のとおり日本軍・第二波攻撃隊の空襲を受け、僚艦「ホーネット」までもが大破し、航行を停止してしまったのだ。

これで作戦可能な空母はいよいよ「エンタープライズ」のみとなってしまい、ハルゼーやブローニングはにわかに決断を迫られた。

――もはや勝てる見込みはない！　撤退すべきかどうか、ここが思案のしどころだ……。

いや、ブローニングはすでに観念しており、意を決して進言した。

「……残念ですが、ここは軍を退きましょう。勝敗はすでに決しました！」

もはや勝ち目がないのは、ハルゼー自身もよくわかっていたが、ハルゼーはすぐにはうなずこうとしなかった。

「ボス！　事は一刻を争います！」

　ブローニングがなおもそう言及すると、ハルゼーはようやく口を開いた。

「われわれが撤退すれば、ハワイ防衛の希《のぞみ》は九分九厘なくなる。……きみは、オアフ島を見捨てろと言うのかね？」

　これは酷な質問にちがいなかった。むろんブローニングもオアフ島の失陥を容認しているわけではないが、ハルゼー中将を説得するのが〝自分の務めだ〟と思い、ブローニングは怒りを買うのを承知の上で応じた。

「……どうやら、暗号解読を逆手に取られたようです。われわれは最初からボタンを掛けちがえており、わがほうの予想は初日（八日）からことごとく外れております。そして今朝、ジャップ空母群は予想よりかなり北に出現し、わが空母四隻はそれを追い掛けるハメとなりました」

　そのことはハルゼーも認めざるをえず、黙ってうなずいてみせた。それをみて、ブローニングが続ける。

「ジャップ空母群がわがほうの予想どおり、もっと南に出現していたとすれば、ただちに攻撃隊を出すことができ、敵空母を〝艦載機もろとも葬《ほうむ》り去る〟というわたしの献策は、おそらく成功していたことでしょう。……しかし実際は、味方艦載機の足の短さを補うためにわが空母四隻は北進せねばならず、第一次攻撃隊の発進がすくなくとも四五分は後れました。……敵はわがほうの動きを見透かした上で、夜のあいだに針路を北寄りに変更して来たのです。現にわれわれは、ジャップの潜水艦から不意撃ちを喰らいました。……日本軍は、われわれの動きを見透かしていたのにちがいありません！」

「ああ、そのとおりだ。きみが言うとおり、われわれはずっとボタンを掛けちがえたまま戦い、このような、のっぴきならない事態に追い込まれたのだ。……だがな、だからといって、オアフ島を見捨てるわけにはいかない」

ハルゼーがつぶやくようにして最後にそう言及すると、ブローニングはボスの口調があきらかにトーンダウンしたのを感じ取った。

ハルゼー中将も、暗号解読を逆手に取られたということはすっかり認めており、ブローニングは口に出してこそ言わないが、今、しみじみと痛感していた。

――敵将〝ヤマグチ〟というのは、真に恐ろしいヤツだ……。

もはや大勢は決し、味方機動部隊はあざやかといっていいほどの完敗を喫している。

ブローニングが骨身に沁《し》みてそう思うのも無理はなかった。

「ボス。お気持ちはよくわかりますが、今回は完全にしてやられました。……『ホーネット』が活きているならまだしも、中破した『エンタープライズ』だけで……今さらボタンを掛けなおすのは到底不可能です」

そのとおりで、すでに「エンタープライズ」も傷付いている。決して軽傷とはいえず、出し得る速力は二四ノットまで低下しているのだ。さすがの猛将ハルゼーといえどもこれを否定することはできなかった。

「ああ、負けは認める。こしゃくなジャップにしてやられた」

そう言い、ハルゼーも一旦はうなずいたが、この男の信念は鉄のようだった。

「あとは、この『エンタープライズ』を盾にしてハワイを守り切るしかなかろう……」

しかしブローニングは、ボスがそう言うであろう、ということをよくわかっていた。

「……では、あえてお聞きしますが、『エンタープライズ』を犠牲にして、それで、はたして本当にハワイを守り切れますか？」

ウィリアム・Ｆ・ハルゼーにとってこれほど酷な質問はなかった。ブローニングはそれを承知の上で訊いたのだ。

それは〝やってみなければわからん！〟と恫喝《どうかつ》したいところだが、どう考えてもハワイの防衛はもはや風前のともし火となっており、ほかの者ならいざ知らず腹心のブローニングに対して、ハルゼーも、頭ごなしに恫喝するような気にはとてもなれなかった。

ハルゼー中将は口を真一文字に結んでいる。

ブローニングがしかたなく続けた。

「ニミッツ長官は、『エンタープライズ』を盾にすることを望んでおられるでしょうか？　わたしはそうは思いません！　ボスもご存じのように（ニミッツ大将は）きわめて合理的な考え方をする人です。ハワイ防衛の見込みもなしに、本艦をこれ以上危険にさらすのは、どう考えても不合理きわまりない。『エンタープライズ』を失うことは、すなわち〝あなた〟を失うこと！　ニミッツ大将がそれを望んでおられるはずがありません！」

ハルゼーがこれに力なくうなずくや、ブローニングはすかさずたたみ掛けた。

「たしかにハワイは失うかもしれません。……ですが、ハワイを占領されたからといって、戦争に負けたわけではありません！」

ブローニングはまずそう断言し、さらに語気を強めて言った。

「最後には必ずわが合衆国が勝利します！　最終的な勝利を得るためにもここは隠忍自重《いんにんじちょう》し、一旦軍を退きましょう。近い将来に必ず、退勢挽回を図り、ハワイを取りもどします！」

これを聞いてハルゼーもようやく納得した。

「わかった。やむをえんだろう。……が、出した攻撃隊の収容をどうする？」

これだけは〝どうしても訊いておかねばならない〟と思い、ハルゼーはブローニングにそう問いただした。

ブローニングは即答した。

「オアフ島は戦場からかなり離れております。攻撃隊はカウアイ島・南部の民間飛行場（ポートアレン空港）へ帰投させます」

ブローニングが言うとおり、現在、日本軍空母艦隊はオアフ島の北西洋上で行動しており、第一次攻撃隊が火花を散らした戦場からオアフ島までの距離は二五〇海里以上も離れていた。

日本の空母を空襲した味方攻撃隊に二五〇海里もの距離を舞いもどるような余力はなく、ここはオアフ島よりもかなり戦場に近いカウアイ島へ帰投させるしかなかった。カウアイ島には幸い民間飛行場が存在し、小規模とはいえ整備された滑走路が在る。そこへ攻撃隊を帰投させれば、「エンタープライズ」は帰投機の収容を気にせず、すぐにでも撤退できる。カウアイ島へ向かうことによって、攻撃隊はおよそ一五〇海里の距離を帰投するだけで済むのだった。

それなら多くの搭乗員を救えると思い、ハルゼー中将もついにうなずいた。

「よし、わかった！ 『エンタープライズ』を今すぐ退避させる。南東へ針路を執れ！」

ただし、ほかにも問題があった。

大破した「ホーネット」と「サラトガ」をいかに処置すべきか、それを考える必要がある。両空母とも機関が大損害を受けており、「サラトガ」は速度が一二ノットに低下し、「ホーネット」にいたってはすでに航行を停止していた。

自力航行が可能な「サラトガ」は同じく南東に退避させればよいが、「ホーネット」を見捨てるのは忍びない。

そこでブローニングは、「ホーネット」をとにかくラハイナ泊地まで曳航し、敵機が来襲した場合は、迎撃戦闘機隊で「ホーネット」の上空を護らせることにした。ワイルドキャットはすべて「エンタープライズ」に着艦していた。

「迎撃用のワイルドキャットは四四機ほど残っております！」

ブローニングがそう進言すると、この方針にハルゼーも〝よし！〟とうなずいた。

ハルゼー中将が「エンタープライズ」以下に撤退を命じたのは午前一〇時二〇分過ぎのこと。それからしばらくしてサンディエゴの太平洋艦隊司令部から、撤退を追認するニミッツ大将の返電も送られて来たのである。

4

戦いはまだ終わらない。

空襲を受ける寸前に飛び立った日本軍・第三波攻撃隊の一五〇機は、ハルゼー機動部隊の上空をめざして着実に進撃していた。

いっぽう小沢機動部隊は、防空に上げていた零戦の収容を終えるや、残存の〝米空母三隻に追い撃ちを掛けよう〟と、速力二〇ノットで南南東へ進軍し始めていた。

それが午前一〇時一五分のことで、この追撃には山口大将の「大和」以下、連合艦隊の全艦艇も加わっていた。

あわよくば、米空母を根絶やしに出来る絶好の機会にちがいなく、連合艦隊の総力を挙げて機動部隊の作戦を支援し、戦果の拡大を図ってやろうというのであった。

はたして、連合艦隊が一〇海里ほど前進した午前一〇時四五分ごろから、第一波の攻撃機が順次上空へ帰投し始め、小沢中将麾下《きか》の空母一一隻は午前一一時一〇分までに、第一波攻撃隊の収容を完了した。

帰投機の収容が終わると、二航戦以下の空母八隻の艦上では、ただちに第四波攻撃隊の出撃準備が始まり、それら八空母の艦上は再び大わらわの忙しさとなった。

かたや「魁鷹」以下の一航戦・三空母は、続けて第二波攻撃隊も収容する必要があり、第二波の攻撃機を収容したのちに、あらためて第五波攻撃隊を編成。三空母はおよそ四五分後れで攻撃隊を出すことになった。

江草少佐の率いる第二波攻撃隊は、午前一一時三五分ごろから一航戦の上空へ帰投し始め、その全機が午前一一時五五分には収容された。

それからまもなくして「赤城」以下、八空母の艦上では正午きっかりに攻撃隊の発進準備が完了し、小沢中将は満を持して第四波攻撃隊に出撃を命じた。

第四波攻撃隊／攻撃目標・残存米空母
②空母「赤城」／零戦六、艦爆一三
②空母「飛龍」／零戦六、艦攻九
②空母「蒼龍」／零戦六、艦攻九
③空母「飛鷹」／零戦六、艦攻六
③空母「隼鷹」／零戦六、艦攻六
④軽空「龍鳳」／零戦六
④軽空「祥鳳」／零戦六
④軽空「瑞鳳」／零戦六
※○数字は各航空戦隊を表わす。

第四波攻撃隊の兵力は、零戦四八機、艦爆一三機、艦攻三〇機の計九一機。とくに艦爆は未帰還のものが多かったが、第四波攻撃隊には、修理の成った艦攻三機も加えられていた。

敵機が来襲する公算はきわめて低いため、第四波には零戦を多めに付けて出すことにし、その全機が午後零時一〇分には発進して行った。

かたや一航戦・三空母の艦上でも、予定どおり午後零時四五分に攻撃隊の準備がととのい、小沢中将は、それら第五波攻撃隊にも出撃を命じたのである。

第五波攻撃隊／攻撃目標・残存米空母
①空母「魁鷹」／零戦六、艦爆九、艦攻一八
①空母「翔鶴」／零戦六、艦爆一八、艦攻九
①空母「瑞鶴」／零戦六、艦爆一八、艦攻九
※○数字は各所属航空戦隊を表わす。

第五波攻撃隊の兵力は、零戦一八機、艦爆四五機、艦攻三六機の計九九機。

一航戦の三空母は、いまだ艦爆や艦攻を多めに残していたため、こちらは護衛の零戦を少なめにして攻撃に重点を置き、米軍機動部隊にとどめを刺して太平洋から米空母を一掃してやろうというのであった。

――米空母へ向けて攻撃隊を出すのは、これが最後になるだろう……。

だれもがそう予感しており、小沢中将が出撃を命じると、第五波攻撃隊もまた、その全機が午後一時までに発進して行った。

5

第三波攻撃隊を率いて「赤城」から出撃していた橋口喬少佐は、米空母を〝三隻とも仕留める必要がある！〟と固く誓っていた。

午前一〇時三七分。母艦出撃から一時間三〇分ほど経過すると、航行を停止した一隻の米空母が予想どおり南方洋上にすがたを現した。

――よし、まずは一隻目だ！

味方機動部隊から南南東へ二〇五海里ほど離れた洋上に一隻目を発見したのはよかったが、その上空では多数のグラマンがたむろしていた。

それはいうまでもなく、空母「エンタープライズ」から迎撃に飛び立っていたワイルドキャット四四機で、橋口が最初に発見したのは、もちろん空母「ホーネット」であった。

こしゃくにも敵戦闘機の数が多い。二隻目、三隻目の空母を見つけ出す必要もあるが、まずはこれらグラマンを排除しないことには、先へ進めない。橋口は指揮下から思い切って三六機の零戦を割き、攻撃に向かわせた。

橋口本隊の上空にはそれでもなお九機の零戦が直衛に残されており、橋口機をふくむ艦攻四五機と艦爆六〇機はそれら零戦九機にしっかりと護られていた。

米空母の上空でにわかに戦闘機同士が火花を散らし始める。数は零戦のほうが劣勢だが、それをものともせず制空隊の零戦は見事に互角の戦いを演じている。

しかし、すべての敵機を空戦にまき込むことはできなかった。橋口機がさらに敵空母の上空へ迫ってゆくと、本隊もまた七、八機のグラマンから攻撃を受け始めた。

空母への攻撃を急ぎたいところだが、眼下の敵空母はまったく動いておらず、攻撃すべき優先順位としては低い。敵空母が活動を停止しているのはあきらかだった。

一瞬これを素通りして〝ほかの二隻を追い求めようか……〟とも思ったが、よくみると、傍《そば》にいる駆逐艦二隻のうちの一隻が、空母を曳航《えいこう》しようとしていた。

――ははあ……、どこか近くの港まで曳いてゆくつもりだな……。ならばここで沈めておくに越したことはない！

橋口はそう思いなおして、まずは瑞鳳雷撃隊の艦攻六機を攻撃に差し向けた。

ところが、低空へ舞い下りた直後に六機のうちの二機がグラマンに喰われてしまい、残る四機も空母への雷撃をしくじった。

それらグラマンのうちの一機はたちまち零戦が返り討ちにしてみせたが、魚雷が命中しなかったのだから仕方がない。橋口はさらに祥鳳雷撃隊の艦攻六機に空母への突入を命じた。

空戦開始からおよそ五分が経過。祥鳳雷撃隊が低空へ舞い下りたころにはようやく、ほとんどの敵戦闘機を零戦がおさえ込み、今度はグラマンの追撃を受けることもなく、魚雷の投下に六機とも成功した。

それをみて、敵駆逐艦は急遽、曳航作業を中止して東へ退避し始める。魚雷の命中は〝避けがたい！〟と判断したのにちがいなかった。

はたして、数一〇秒後。敵空母の左舷から巨大な水柱二本が連続で昇り、それまで平衡を保っていた空母の船体がいきおい横倒しとなって、左へ傾斜し始めた。

駆逐艦は二隻とも東へ遁走《とんそう》して行った。

飛行甲板の左がすっかり海に浸かって、空母はさらに傾斜を深めてゆく。どす黒い重油が周囲にあふれ出し、海面は渦を巻き始めていた。

空母艦上に人影はない。退去命令がとっくに出されていたのにちがいなく、もはや敵空母が沈むのは時間の問題だった。

橋口の眼に狂いはなく、大量の浸水をまねいた空母「ホーネット」は、それから二〇分ほど掛けてゆっくりと沈没し、午前一一時八分に海上からすがたを消すことになる。

戦闘機同士の戦いは零戦が大方、主導権を握りつつあるが、それでも本隊に襲い掛かろうとするグラマンがまだ残っている。もはや長居は無用と橋口は南へ軍を進めた。

グラマンの執拗な追撃によって艦爆三機と艦攻二機を撃墜されたものの、攻撃兵力はいまだ艦爆五七機と艦攻三一機が残っている。

南進を再開してからおよそ三分、橋口は新たな米空母を左前方（南東）洋上に発見した。

――それ、二隻目だ！　コイツもかなり、速度が落ちているな……。

写真などで見慣れた、その空母はサラトガ型にちがいなく、こちらも速度は一〇ノット程度しか出ていない。

さらに近づいてよくみると、飛行甲板がめちゃくちゃに破壊され、敵空母はあきらかに戦闘力を喪失している。きっちり仕留めるにはやはり雷撃だが、ここは手堅く雷爆同時攻撃を仕掛け、回避運動を妨げることにした。

橋口は、艦爆一八機と艦攻二二機をサラトガ型空母の攻撃に差し向け、みずからが直率する艦攻九機と残る艦爆三九機を、第三の空母を攻撃するために温存した。

――攻撃機が四〇機もあれば、サラトガ型を撃沈できるにちがいない！

そう判断したのだが、空戦場から急降下で逃れて来たグラマン一〇機以上が、北方から急迫しつつある。橋口は攻撃を急がせた。

制空隊の零戦と敵戦闘機の多くが第一の敵空母上空で激しい空中戦を繰り広げていたが、その敵空母（ホーネット）はすでに沈みつつある。もはや第一の空母を護る必要はなく、急降下で空戦場から逃れて来たそれら敵戦闘機は〝第二、第三の空母を護ろう〟と懸命に南下して来たのだ。

そして橋口隊は、それら一〇機以上のグラマンから一瞬の隙を突かれた。

サラトガ型を攻撃するためにたった今、低空へ舞い下りたばかりの艦攻二二機が、急降下で突入して来たそれらグラマンから急襲を受けてたちまち四機を失い、残る一八機も不意の射撃を受けて魚雷の投下を妨害されてしまった。

それでも八機が魚雷の投下に成功、かれらは意地をみせて、サラトガ型空母の左舷に魚雷一本をねじ込んだ。

同時に艦爆隊も爆弾三発を命中させており、第二の米空母は、いよいよ惰性で動いているだけとなったが、それでも沈むような気配をいっこうに見せなかった。

——くそっ、またもや寸でのところでグラマンに妨害されたかっ！　……だが、コイツを生かしておくわけにはいかない！

とっさにそう決意するや、橋口は、グラマンが上昇して行った隙を突いて、直率する艦攻九機でサラトガ型の左舷側から猛然と襲い掛かり、狙う空母にこれ以上ないほど肉迫、さらに魚雷二本を左舷へ命中させて、第二の米空母にようやくとどめを刺した。

それが午前一一時一〇分ごろのこと。そのころにはすでに第一の米空母も海上からすがたを消しており、第三波攻撃隊はこれで二隻の敵空母「ホーネット」と「サラトガ」を抜かりなく仕留めてみせた。

残るはあと一隻だが、「サラトガ」の攻撃にすべての艦攻を投入してしまったので、第三の空母を攻撃するための兵力は、艦爆三九機を残すのみとなっていた。

そして、橋口機自身が「サラトガ」へ向けて突入したため、三九機の艦爆は、飛龍降下爆撃隊を直率する坂本明《あきら》大尉に率いられて、南進してゆくことになった。

——三隻目も必ず撃破してやる！

坂本もそう決意していたが、坂本隊は、上昇に転じたグラマン九機からまもなく猛追を受けた。

坂本隊の上空には零戦四機が護衛に張り付いていたが、グラマンの執拗な追撃を振り切ることができず、時間の経過とともに一機、また一機と列機が撃ち落とされてゆく。

けれども、第三の敵空母は〝東寄りに南下している可能性が高い！〟とみた坂本の直感が見事に的中し、坂本は、橋口隊と別れてからおよそ七分後に、三隻目の米空母をついに発見した。

——よし、いたぞっ！　あれはエンタープライズ型だ！

それはまぎれもなく、ハルゼー中将が座乗する空母「エンタープライズ」だったが、そのときにはもう、五機の列機が撃墜され、残る攻撃兵力は艦爆三四機となっていた。

坂本隊は結局、母艦を発進してから二三〇海里余りの距離を進出していた。

狙う米空母は多数の護衛艦艇にがっちりと護られている。

坂本隊の進入に気づくや、それら敵艦が一斉に対空砲火を撃ち上げて、すさまじい弾幕を張ってきた。

グラマン数機も後方から急迫しつつある。

午前一一時一八分。坂本大尉が急ぎ突撃命令を発するや、列機が対空砲火をものともせず次々と急降下で突入し始めた。

逆落としとなった艦爆が様々な角度で、あらゆる方向から敵空母へ対し突入してゆく。

坂本隊はおもに「飛龍」「蒼龍」の降下爆撃隊で編成されており、技量は決して低くなかった。

ところが、敵戦艦などが撃ち上げる高角砲弾のもうもうたる弾幕に空を覆われて、視界がまるで利かない。

じつは、ハルゼー艦隊麾下の戦艦や巡洋艦のほとんどすべてが、すでに「エンタープライズ」の周囲で集結していたのだった。

およそ半数の艦爆が爆撃を終えたが、狙う空母に多数の至近弾はあたえたもののなかなか命中を得ることができない。

まったく入るすき間もないほどの輪形陣で、幾多の死線をくぐり抜けて来た坂本も、これほど狂ったような弾幕は経験したことがなかった。

――こりゃ、尋常な攻撃では、いっこうに命中を得られんぞっ！

そう覚悟を決めるや、坂本機は独り上昇しながら空母の真上へ突き進み、そこから真っ逆さまに機首を突っ込んで、エンタープライズ型の煙突へ狙いを定めた。

「ゆくぞ！」

「望むところです！」

後部座席の染野《そめの》飛曹長が即座に応じるや、坂本機は文字どおり逆落としとなって急降下、敵弾を受けて火だるまとなりながらも、「エンタープライズ」の煙突へ爆弾ごと突入炎上した。

その瞬間、空母「エンタープライズ」の艦上がすっかり凍り付き、爆弾が機体ごと炸裂。すさまじい爆炎が噴き昇り、煙突がまたたく間に業火で包まれた。

ハルゼー中将やブローニングも一瞬の出来事でなにが起きたのかわからず、口をあんぐり開けていたが、乗艦「エンタープライズ」の速度がみるみるうちに低下し始めたので、ようやく日本軍の急降下爆撃機一機が〝爆弾を抱いたまま体当たりしたのだ……〟と悟った。

――なっ、なんたることだ！　狂ってる！

煙路が破壊されて機関に大損害を受け、なるほど「エンタープライズ」の速力は一気に五ノットちかくまで低下していた。

そして続けて突入した最後の艦爆が、坂本機の切り開いたこの好機を決して逃さず、行き足のおとろえた「エンタープライズ」に爆弾もう一発をねじ込んだのだった。

その二五〇キログラム爆弾はオレンジ色の閃光を発して飛行甲板・前部で炸裂。炎で甲板が焼けただれ、さしもの「エンタープライズ」もこれで攻撃機の発進が不可能になってしまった。

いや、それどころか、煙突で発生した火災が艦橋まで迫ろうとしており、ハルゼー中将やブローニングは一時、艦橋下のガンルームへ退避せざるをえなかった。

敵機はもはや上空から飛び去っている。

飛行甲板の火はまもなく消し止めたが、煙突で発生した火災はなかなかおさまらない。艦長のデヴィス大佐がみずから消火の指揮に当たっていたが、完全に火を消し止めたのは、被弾からおよそ二〇分後のことだった。

艦橋への延焼はなんとか喰い止め、大急ぎで機関の復旧に取り掛かったが、消火に手間取って応急修理を終えるのにたっぷり四〇分ほど掛かってしまった。

すでに正午を過ぎ、時刻は午後零時一五分になろうとしている。

鎮火の知らせを受け、ハルゼー中将やブローニングも再び艦橋に上って来た。その姿を見て、デヴィス艦長がすかさず報告した。

「速度は一五ノットまで回復し、戦闘機の運用も可能です！」

たしかに座乗艦「エンタープライズ」の速力は奇跡的に通常の巡航速度・時速一五ノット程度にまで回復しており、艦も平衡を保ちながら悠々と航行している。

周囲はすっかり静けさをとりもどし、敵機もすべて引き揚げていた。

――よし！　この分だと、うまく逃げきれるかもしれないぞ……。

ブローニングは艦長の報告に膝を打ってうなずき、ハルゼー中将にあらためて進言した。

「レーダーにも反応がありません！　全戦闘機を一旦、収容します！」

上空を護るワイルドキャットは二八機となるまで数を減らしていたが、ハルゼーもまた〝これで最大の危機は脱した！〟と思い、ブローニングの進言に大きくうなずいたのである。

6

日本軍機による空襲が第三波で一旦、途切れたのは当然のことだった。

第四波、第五波は米空母に対する二度目の攻撃となるため、再出撃準備をととのえるのに一時間以上を必要とした。しかしその反面、攻撃機を準備しているあいだに連合艦隊の全艦艇が、米軍機動部隊へ向けて前進しており、「加賀」を除く一一隻の母艦は二〇海里ほど近づいてから第四波、第五波攻撃隊を出すことができた。

二航戦以下の八空母から発進した第四波攻撃隊は、午後一時五五分ごろに空母「エンタープライズ」の上空へ到達し、米艦隊上空で再び激しい空中戦が始まった。

第四波の進出距離は二四五海里ほどだった。

周知のとおり、空母「エンタープライズ」の艦上には二八機のワイルドキャットが残されていたが、第四波攻撃隊には四八機もの零戦が随伴していたので、日本軍攻撃隊の進入を阻止することはできなかった。

それでもワイルドキャットはよく戦い、多数の零戦を相手に一六機を失いながらも、約一五分におよぶ空中戦で零戦八機、艦爆四機、艦攻六機の計一八機を撃墜してみせた。

第四波攻撃隊はさらに敵護衛艦艇の撃ち上げる猛烈な対空砲火によって、艦爆三機と艦攻四機を撃ち落とされたが、残る艦爆六機と艦攻二〇機はおよそ二〇分におよぶ攻撃で、速力のおとろえた空母「エンタープライズ」に対して、魚雷と爆弾それぞれ一発ずつを命中させた。

いや、それだけではない。じつは、多数の護衛艦艇に囲まれた「エンタープライズ」に対する雷撃は困難をきわめた。艦攻のうちの約半数は空母をきっちりと狙うことができず、途中で重巡「ヴィンセンス」に標的を変更し、同艦にも魚雷一本を命中させてこれを中破していた。

重巡「ヴィンセンス」は速度が二一ノットに低下して、まもなくラハイナ泊地へ向けて退避して行ったが、問題は、空母「エンタープライズ」のほうだった。

速度が一五ノットまで低下していたところへ今また、爆弾一発と魚雷一本を喰らってしまい、せっかく応急修理した機関をもう一度破壊され、「エンタープライズ」の速力はいよいよ三ノットまで低下してしまった。

「もはや、万事休すだ……」

ブローニングは思わずそうつぶやき、すっかり観念した。というのが、戦艦「サウスダコタ」のレーダーが、さらなる日本軍機の接近をとらえていたからであった。

しかしそれでも、艦長のデヴィス大佐は修理をあきらめず、被弾から約一〇分後には「エンタープライズ」の速力を六ノットまで回復させて、さらにハルゼー中将に報告した。

「ボイラーの圧力がすこしずつ上がり始めておりますので、最終的には一〇ノットの速力を出せるようになるかもしれません！　自力航行は充分に可能です！」

ハルゼー中将はこれにうなずいてみせたが、デヴィス艦長の努力もむなしく、実際には〝時すでに遅し〟となっていた。

デヴィス艦長が報告したのは午後二時四〇分ごろのこと。はたして、ブローニングの悪い予感が的中し、そのころにはもう、日本軍の第五波攻撃隊が「エンタープライズ」の北北西およそ二〇海里の距離にまで迫っていたのだった。

艦隊上空にはいまだ一二機のワイルドキャットが残されていたが、第五波攻撃隊には一八機の零戦が随伴しており、ワイルドキャットの多くがすでになんらかの手傷を負っていた。

日本軍攻撃隊の進入を阻止するのはとても無理で、デヴィスの報告から一〇分と経たずして「エンタープライズ」の上空へ日本軍機の大群が押し寄せて来た。

その数およそ一〇〇機。

実際には第五波攻撃隊の兵力は、周知のとおり零戦一八機と、艦爆四五機、艦攻三六機の計九九機であった。

しかも、一航戦の飛行隊ばかりで編成された第五波・搭乗員の技量は並はずれて高く、降下爆撃隊を江草少佐が率い、雷撃隊を村田少佐が率いていた。

それでもハルゼー艦隊は死にもの狂いの抵抗を示し、ワイルドキャットの迎撃と対空砲火で、零戦二機と艦爆、艦攻それぞれ四機ずつを撃ち落としてみせた。

残る第五波の攻撃兵力は艦爆四一機と艦攻三二機の合わせて七三機となっていたが、極度に速度の低下した空母「エンタープライズ」を葬《ほうむ》り去《さ》るのに、江草、村田両隊は七〇機もの攻撃機を必要としなかった。

およそ二五分におよぶ猛攻の末に、第五波攻撃隊は空母「エンタープライズ」に爆弾四発と魚雷三本、戦艦「サウスダコタ」にも爆弾八発と魚雷五本を突き刺して、「エンタープライズ」をついに撃沈し、「サウスダコタ」にも修理に六ヵ月以上を要する手痛い損傷を負わせた。

戦艦「サウスダコタ」の速力は一挙に一一ノットまで低下しており、魚雷があと二、三本も命中しておれば、「サウスダコタ」もまた、沈んでいたかもしれない。

そして「エンタープライズ」は三本目の魚雷を左舷中央へ喰らった直後に艦が急に傾き始め、そのあと一〇分ほど掛けて沈み、八月一〇日・午後三時三二分、ついにそのすがたを波間へ没したのである。

ハルゼー中将やブローニングは間一髪で脱出に成功、スプルーアンス少将が座乗する重巡「ミネアポリス」に救助された。が、アーサー・C・デヴィス大佐は艦と運命をともにした。

空母「エンタープライズ」はほとんど轟沈《ごうちん》したといってよく、村田少佐や江草少佐は、沈みゆく敵空母のすがたをきっちりと確認してから帰途に就いた。

ところが、じつは連合艦隊も〝完勝！〟というわけにはいかなかった。

7

第四波、第五波攻撃隊が空母「エンタープライズ」を空襲しているあいだに、エヴァ飛行場から小沢機動部隊の上空へじつは海兵隊機が来襲していた。迎撃戦闘機隊の零戦がそれら海兵隊機を難なく退けたが、それら米軍機に気を取られているあいだに、連合艦隊の勝利にケチが付くような事態が発生していた。

一〇日・午後三時四〇分過ぎ、ミッドウェイ方面へ向けて退避中の空母「加賀」が米潜水艦から突如として雷撃を受け、遭《あ》えなく沈没してしまったのである。

主力空母「加賀」をあっけなく喪失し、これで連合艦隊の完勝とはいえなくなった。

速力が五ノットに低下していた空母「加賀」に魚雷二本を命中させて、同艦を沈没にいたらしめた殊勲の潜水艦は、六月に竣工したばかりの「アルバコア」だった。

思わぬかたちで機動部隊の勝利にケチを付けられてしまったが、第四波、第五波攻撃隊の全機が午後五時一五分までに艦隊の上空へ帰投し、連合艦隊の母艦一一隻は午後五時三〇分までに、その収容を完了した。

それは日没のおよそ一時間前のことだった。

結局、八月一〇日の海空戦で小沢機動部隊は全部で三〇〇機余りの艦載機を喪失していた。搭乗員の損失も優に三五〇名を超えていたが、その多大な損失と引き換えに、小沢機動部隊はきっちり米空母を四隻とも撃沈し、太平洋から宿敵・米空母を一掃してみせた。

のちに「布哇沖海戦」と称される本海戦において、連合艦隊は、アメリカ海軍の主力空母四隻を沈めただけでなく新型戦艦二隻も大破して、米軍機動部隊をハワイ海域からすっかり退けた。

大破した戦艦「サウスダコタ」は夜のあいだにラハイナ泊地へ逃げ込み、最低限の応急修理を施して速力が一四ノットに回復、駆逐艦二隻に護られてアメリカ本土西海岸へ引き揚げた。

本海戦・最大の勝因は、山口大将が八月一〇日の朝を迎えた時点で、米側の予想をくつがえしてオアフ島の北西方面へ軍を進めていたことが、決定的な第一の事由に挙げられる。もし、連合艦隊が針路を変えず、オアフ島の西北西に軍を進めていれば、小沢機動部隊は十中八九ブローニングの術中に嵌《は》まっていたことだろう。

ところで、「エンタープライズ」にとどめを刺した第五波攻撃隊の進出距離は結局、二五五海里に及んでいた。坂田機の身を挺した体当たり攻撃がもしなければ、技量抜群の第五波攻撃隊といえども、さすがに「エンタープライズ」を取り逃していた可能性が高い。

空母「エンタープライズ」が二〇ノット以上の速力を維持し続けていたとすれば、第五波の進出距離はおそらく二七〇海里を超えていたにちがいなく、その場合「エンタープライズ」はかなりの確率で逃げきっていたと思われる。

そういう意味では、米空母を太平洋から一掃できた第一の殊勲は坂田明大尉機で、第二の殊勲はエンジン不調を押して出撃し、米空母の所在を子細に報告した菅野兼蔵飛曹長機だろう。

小沢機動部隊はエヴァ飛行場から来襲した海兵隊機もおおむね撃墜しており、オアフ島の米軍飛行場は依然として壊滅状態にある。明日にでも飛行可能なオアフ島の米軍機は、海兵隊機と飛行艇を合わせても五〇機程度にすぎず、それを大きく上まわるようなことはない。

八月一一日の朝を迎えた時点で、小沢中将の指揮下にはいまだ四〇〇機を超える艦載機（二式艦偵をふくむ）が残されており、小沢機動部隊はその後もハワイ周辺の制空権を握り続けて、第七艦隊以下の「オアフ島上陸作戦」を支援することになる。

三川軍一《みかわぐんいち》中将の第七艦隊および上陸船団は、小沢機動部隊〝優勢！〟の報を受けるやレイサン島近くの合同地点から満を持して出撃し、八月一二日の早朝を期して上陸作戦を開始することになっていた。

いっぽうアメリカ太平洋艦隊は、肝心の空母を四隻とも沈められただけでなく、新鋭戦艦二隻と重巡二隻も撃破されてしまい、さしものニミッツ大将も大きな衝撃を受けていた。

——ま、稀《まれ》にみる大敗ではないか……。まったく信じられないが、ブル（ハルゼー中将）になんら落ち度はない。……暗号解読を逆手に取られたのは、ひとえに私の責任だ！

ニミッツが落胆するのも無理はない。ハルゼー艦隊の残る主力艦は戦艦「ワシントン」「インディアナ」の二隻のみとなっている。

対する、日本の連合艦隊には九隻もの戦艦が在り、砲撃戦を挑んでオアフ島を守ろうにも、ほとんど勝ち目はなかった。

落胆するニミッツ大将に、作戦参謀のマクモリス大佐が勇を鼓して進言した。

「敵機動部隊はいまだ健在です！　砲撃戦を仕掛ける前に『ワシントン』『インディアナ』も空襲を受け、やられてしまいます！」

まったくそのとおりであり、もはや打つ手なしだった。

「……残念ですが、艦隊による防衛をあきらめるしかございません」

続けてマクモリスがそう進言すると、ニミッツもがっくりと肩を落としてうなずいた。

暗号解読情報に頼った迎撃策は、たしかに失敗した。

けれどもそれは、あくまで結果論であり、空母数で〝四対一二〟と大きく劣勢に立たされていた太平洋艦隊としては、暗号解読情報に頼らざるをえなかったのである。

暗号解読に頼るのはそもそも一種の賭けであることぐらいはニミッツも承知していた。万一、日本軍に見破られた場合は、それを逆手に取られて味方は振り回されることになる。結果は、まさにそのとおりとなり、味方機動部隊は手痛い敗北を喫してしまった。

はやい話が、ニミッツは賭けに負けたのだ。

そして賭けに勝ったのは、暗号解読されていることを見事に見破ってみせた、敵将・山口多聞ということになる。

――タモン・ヤマグチか！　日本人にしてはめずらしく、鋭いアンテナを持つ傑物だ……。

その点、敵ながらあっぱれであり、ニミッツも今回ばかりは潔く負けを認めて脱帽せざるをえなかった。

尊敬する東郷平八郎・元帥といい山口多聞といい、大戦争ともなれば宿敵・日本海軍には〝こうした出色の司令長官が現れるのか……〟とニミッツは今、空恐ろしさを覚えていたが、それがまさに帝国海軍「連合艦隊」の真骨頂。戦時に限って編制されるゆえんであった。

日露戦争の直前に東郷平八郎が、そして、日米開戦の直前に山口多聞が〝連合艦隊司令長官に抜擢された〟ということは、むろんニミッツもよく知っていた。

第三章　真珠湾の旭日旗

1

八月一一日・未明には「大和」以下の戦艦九隻もオアフ島に艦砲射撃をおこない、飛行場の復旧作業を妨害した。それでも夜明け後の空中戦で米軍は三〇機ほどの戦闘機を舞い上げて懸命の抵抗を示したが、小沢機動部隊は九〇機もの零戦を出撃させており、オアフ島上空の制空権は日本側が完全に掌握した。

同時に艦爆、艦攻あわせて一五〇機も出撃しており、それら攻撃機の投じた爆弾が各飛行場を完膚なきまでに叩きのめし、オアフ島米軍航空隊はこれですっかり沈黙した。

この空中戦で、小沢機動部隊も二四機を失いはしたが、これが事実上、米軍航空隊が示した最後の抵抗となって、味方艦隊の支援を得られず制空権も奪われた米軍守備隊は、みるみるうちに士気の低下をまねき、日本軍の上陸をあっさりとゆるしてしまった。

戦艦九隻のぶっ放す巨砲弾は、米軍将兵をふるえ上がらせるのに充分な効果を発揮した。

帝国海軍はもはやオアフ島攻略に一一隻もの空母を必要とせず、旗艦「加賀」を喪失した三航戦の空母「飛鷹」「隼鷹」は、一一日の戦闘を終えると、先に内地へ引き揚げて行った。

それでもなお残る九空母には三七〇機を超える航空兵力が残されており、それら日本軍艦載機が八月一二日以降も島上の戦いを支援し続け、帝国陸海軍は八月一六日に、まずホイラー飛行場を占領し、上陸からちょうど一週間後の八月一九日には、真珠湾一帯を完全に包囲した。

米軍守備隊はそれから三日間にわたって抵抗を示したが、二一日・早朝から日本軍艦載機が再度本格的な空襲を開始すると、その日のうちにヒッカム飛行場が陥落して、二二日・正午にはついに米軍指揮官が白旗を掲げて降伏した。

二三日以降は残敵掃討となり、オアフ島の各地に立てこもっていた米兵も防衛軍主力が降伏したことを知って、次々と投降し始めた。日本軍はしらみつぶしにカネオヘ基地やエヴァ基地といった周辺飛行場も順次攻略してゆき、八月二八日にはオアフ島全域を制圧、五万名以上の米軍将兵を捕虜にして、オアフ島の占領に成功したのである。

二二日に真珠湾一帯を制圧すると、連合艦隊は翌日から二日間にわたって、駆逐艦による掃海を実施した。

そして二五日には、「大和」「武蔵」や主力空母なども真珠湾へ入港し、たっぷりと重油の補給を受けた。

八月二一日には輸送戦艦「扶桑《ふそう》」をはじめとする新たな補給部隊（タンカー八隻）がミッドウェイ環礁へ到着しており、それらタンカーが同じく二五日に真珠湾へ入港して来たのだ。

艦艇への補給は二七日に完了するが、幕僚の反対を制してみずから上陸した山口大将は、ホイラー、ヒッカムなど主要飛行場の破壊状況を自分の眼でしっかりと確かめた。

その上で飛行場を使用可能にするには〝一ヵ月は掛かる〟と判断。みずからが司令長官を兼務する第一艦隊は一旦内地へ引き揚げることにし、オアフ島の防衛を小沢中将以下の第二、第三艦隊に委《ゆだ》ねることにしたのであった。

戦艦「大和」「武蔵」「山城」や軽空母三隻は一度内地へ帰還することになるが、真珠湾に居残る主力空母六隻はいまだ三三〇機以上の航空兵力を有している。

米軍機動部隊が壊滅したのでアメリカ陸海軍がただちにオアフ島の奪還に乗り出して来るようなことはないはずだが、今度は立場が逆転して、連合艦隊がオアフ島を守らねばならない。

軽空母三隻は必要最小限の対潜哨戒機（艦攻六機ずつ）だけを艦上に残し、捕虜の一部をこれら軽空母で日本本土へ移送することにした。そして軽空母三隻を使って、内地からハワイへ零戦などを輸送し、可及的速やかにオアフ島の防空体制を構築することにした。

ほかにも「雲鷹《うんよう》」「大鷹《たいよう》」「冲鷹《ちゅうよう》」が内地――ハワイ間の機材輸送任務に従事するが、山口は速度の遅いこれら護衛空母だけではもの足りず、早急にオアフ島の防空体制を築き上げるには、軽空母も一時、輸送任務に駆り出すしかないと判断したのだった。

それにしても山口は、味方機動部隊の大勝利を決して手放しではよろこべなかった。

今回の空母決戦で、米軍機動部隊がどれほどの艦載機を喪失したのか、その数は正確にはわからないが、米空母の搭載機数が八〇機だと仮定すると、米軍は四隻分の空母艦載機三二〇機を一挙に喪失したとみてよいだろう。

ところが、あらためてよく考えてみると、大勝したはずの味方機動部隊もまた、八月一〇日の戦闘だけで三〇〇機余りの艦載機を喪失していたのだからたまらない。

もちろん沈めた空母の数では、米側より三隻も多いので、それだけを比較すれば、味方の勝利にちがいないが、失った艦載機の数を比べれば、およそ〝引き分けに終わった……〟と考えられなくもない。

とにかく、日米の有力な機動部隊同士が死力を尽くして戦えば、双方とも〝大量の搭乗員を亡くしてしまう〟ということを、山口は、あらためて痛感させられたのだった。

そういう意味では、日米戦は空母の建造合戦であるのと同時に、母艦航空隊の育成合戦といった様相も呈し始めていた。

空母や航空機材はがんばって造れば補充も利くが、搭乗員の育成はそう簡単ではない。

今後も〝若い搭乗員を失い続けるのか……〟と思うと、山口がいたたまれない気持ちになるのも当然だった。

――米国とこれ以上戦争を続けても、得るものは少なく、失うもののほうが断然多い。……ここはオアフ島をゆずってでも、早急に米国と講和すべきだ！

せっかく占領したオアフ島だが、それを惜し気もなく返還すると言えば、米国政府も態度を軟化させて和平交渉に応じるかもしれない。すくなくとも山口はそう考えた。

――よし！　内地へ帰還するのだから、軍中央に対して真っ先にそれを訴えてやろう！

山口はそう決意したのである。

戦艦「大和」以下の第一艦隊は、八月二九日に真珠湾から出港した。

2

オアフ島が陥落したとの第一報を受け、チェスター・W・ニミッツは、つい思った。

――こんなことなら、急いでパールハーバーを復旧するのじゃなかった！

港湾施設がようやく使用可能となった、その矢先にオアフ島を占領されてしまい、ニミッツ自身は太平洋艦隊司令長官に就任してから、結局、いまだに一度もパールハーバーで作戦指揮を執っていなかった。

パールハーバーはアメリカ太平洋艦隊の象徴であり、母港といってもよい。


司令長官への就任式もそこでした。

――私がパールハーバーを使ったのは、ほとんどそのときだけじゃないか……。

これほど情けない司令長官もいないだろうと思い、オアフ島失陥の責任を感じたニミッツは、事実上の上司となるアーネスト・J・キング大将に辞意を伝えた。

キングは、三月から合衆国艦隊司令長官と海軍作戦部長を兼務していた。

ちなみに太平洋艦隊、大西洋艦隊、アジア艦隊の三長官は合衆国艦隊長官の指揮下に在る。ただし、アジア艦隊は日本軍の南進を阻止できず、二月の時点ですでに消滅していた。

三月から作戦部長を兼務するようになったキング大将は、アメリカ海軍の権力をほとんど一手に握っているといってよかった。

「オアフ島失陥の責任を内外へあきらかにするためにも、ここは司令長官の職を辞するべきと思いいたりました」

　ニミッツがそう申し出ると、キングは渋い表情で応じた。

「きみのことだからそう言い出すだろうと思っておったが、……まあ、待て」

　キングはまずパイプに火を点《つ》け、じらすように煙をゆっくりと吐き出してから、おもむろに口をつないだ。

「じつは、大統領とも二日ほど前によく相談してみたが、ほかに（太平洋艦隊）長官のなり手がいない」

「……そんなことはないはずです」

　ニミッツはつぶやくように反論したが、それを制してキングが言った。

「まあ、聞きたまえ。……理由は三つある。大統領ご自身がきみのことを非常に高く買っておられる。今きみに太平洋艦隊長官を辞められてしまうと、きみのために、次に用意してやれるポストがない。それが第一の理由だ」

「……お気持ちは有難いことですが、どのような閑職でもお受けする覚悟です」

「まあ、最後まで聞け。私の兼務を解き、きみを合衆国艦隊長官にすることも考えたが、それではかえって栄進させることになるのでな。……第二の理由は、わが国の戦争準備がいまだととのっておらず、空母が充分にそろうまではそもそも苦戦を覚悟した上できみを司令長官に起用したという点だ。きみはキンメルの負債を抱えたので、多少負けが込んでも大目にみる必要があろう。……司令長官をそうコロコロ代えられんしな……」

なるほど、キンメル大将はミッドウェイ島を失ったが、今回はオアフ島を失ったので、ニミッツには、自身の失策のほうが大きいように思えてならなかった。

いまひとつ腑《ふ》に落ちずニミッツが首をかしげていると、キングはため息まじりで、第三の理由を挙げた。

「それにな、今回の負け戦《いくさ》で太平洋艦隊の空母がゼロになってしまった。もはや、空母がなければ戦にならぬのは衆目の一致するところだ。だから太平洋艦隊長官をだれも引き受けたがらない。……空母がゼロだぞ。おれだって断るさ。きみ。引き受ける物好きがいると思うかね？」

キングにこう反問されると、ニミッツとしてはぐうの音も出なかった。空母がゼロではニミッツ自身も就任を断るだろう。

「……非常な責任を感じております」

ニミッツとしてはそう返すほかなかったが、うなだれたその姿を見て、キングは同情することもなく、きっぱりと言い放った。

「悪いが、自分のケツは自分で拭いてもらうしかない。……途中で職務を放り出すのは、もってのほかだ！」

なるほど、途中でケツを割ったとの見方をする者もいるにちがいなく、キングにこう言い渡されると、ニミッツとしては司令長官職を続けざるをえなかった。

空母が皆無では〝だれも太平洋艦隊長官をやりたがらない〟というのもそのとおりだろう。あと一年も待てば、エセックス級空母が続々とそろい始めるので、今、好きこのんで火中の栗を拾おうとするバカはだれもいない。

海軍では多くの者が、この窮地をニミッツが耐え忍び、みずから打開してゆくことを願ってるのにちがいなかった。

ただし国民や陸軍の多くは、オアフ島を失ったニミッツのことを〝頼りないヤツだ……〟とみているかもしれない。

「……しかし世論が、私の続投をゆるすでしょうか……?」

「そんなことは私にもわからん。だが最初にも言ったとおり、大統領ご自身がきみのことを買っておられる。世論がゆるすかどうか、その見極めは大統領がなさること。……そりゃ、ほかにもっと有能な者がおれば、大統領もそちらを取るだろうが、ほかのだれを起用しても〝今よりさらに悪くなる〟とのご判断だ。そこのところがキンメルの場合とちがう」

これが結論だった。

ハズバンド・E・キンメルはたしかに戦艦中心の用兵思想から脱却できず、航空主兵で戦うには不適格だった。そのことがウィリアム・S・パイ中将の扱いにはっきりと現れている。

キンメルはアナポリス（海軍兵学校）一九〇四年卒業でパイはアナポリス一九〇一組。卒業年次ではパイが三期も上なので、キンメルは戦艦部隊指揮官のパイにかなり遠慮があった。重要事項についてはいつもパイに相談してから方針を決めるようにしていた。

かたやニミッツは、アナポリス一九〇五組だがそうした遠慮がなく、パイの戦艦部隊を機動部隊の編成から外して空母中心の部隊編成に転換してみせた。先のハワイ海戦時も、パイの戦艦部隊は独り本土沿岸の警戒任務に当たっていた。

機動部隊指揮官のハルゼーはキンメルと同期で一九〇四組だが、キンメルがハルゼーの上にパイを置いたのに対して、ニミッツはパイをはじめから排除してハルゼーが存分に戦えるような編成に改めた。

戦艦部隊の拘束から解放されたハルゼーは俄然気を良くし、ニミッツより一期上であるにもかかわらず、その下で、よろこんで空母部隊指揮官としての手腕を発揮し始めた。

四月の「ミッドウェイ海戦」では現に、この改編が功を奏し、日本軍の作戦企図を見事に挫《くじ》いてみせたといえる。

ルーズベルト大統領やキング大将（アナポリス一九〇一組）はこの点を高く評価しており、ニミッツ以外のだれを司令長官に起用しても〝今より悪くなる！〟と考えていたのだった。

それでもニミッツが煮え切らないので、キングはさらに発破を掛けた。

「先のハワイ海戦だが、きみ以外の者がもし全軍の指揮を執っておれば、私は、日本の空母を一隻も沈めることができなかったにちがいないとみている。しかしきみは、わが潜水艦部隊にすかさず追撃命令を出し、きっちりと『カガ』を仕留めてみせた。この追撃命令はハルゼーが発したものではなく、きみが発した命令だ！　大統領にもそう報告しておいたが、まちがいかね？」

キングはきっちり戦闘詳報を確認しており、空母「加賀」に対する追撃命令を出したのは、たしかにニミッツだった。

「……はい。おっしゃるとおりです。追撃命令を出したのは機動部隊司令部ではなく、太平洋艦隊司令部です」

「煮えきらないヤツだな……。もっと言えば、きみ自身だろう?」

キングがさらにそう突っ込むと、ニミッツも観念し、より正確に答えた。

「たしかに……、私が追撃命令を出すように命じました」

キングはこれに大きくうなずいてみせると、あらためて厳命した。

「きみは潜水艦が専門だからな……。太平洋艦隊司令長官を続けてもらう！　私ではない。これは大統領の命令だ！」

いうまでもなくフランクリン・D・ルーズベルト大統領は、アメリカ合衆国陸海軍の総司令官でもある。

これ以上はむろん抗しきれず、これでニミッツの司令長官続投が決まったのである。

3

真珠湾をあとにした第一艦隊は九月一〇日に瀬戸内海へ帰投して来たが、旗艦「大和」は房総半島沖で麾下の艦艇と別れて、九月九日に横須賀へ寄港していた。

山口大将はむろん「大和」に座乗している。母港の呉へ帰投せずに横須賀へ入港したのは、統合艦隊長官の山本五十六大将と今後の方針について話し合うのが目的だった。

山口が日吉台の統合艦隊司令部を訪れ、米国との講和について「オアフ島をゆずってでも幕引きを図るべきです！」と訴えると、まったく同じ考えを持つ山本大将は、海軍大臣の嶋田繁太郎大将へとっくに意見書を出していた。

「意見書を出したのが（八月）二七日だから、もう二週間ちかくにもなるが、嶋ハンからは、まったく何の音沙汰もない」

　山本がため息まじりでそう応じると、山口はたたみ掛けるようにして訊いた。

「軍令部のほうはどうです？」

「伊藤（整一次長）くんに話したが、永野（修身《おさみ》総長）さんは『米国は講和に応じないよ……』とつぶやくのみで、まったく乗り気がなさそうとのことだ」

「……そりゃ、米国が乗って来る可能性は低いかもしれませんが、こちらにその気があることを意思表示せぬ限りは、話が一向に前へ進まないじゃありませんか……」

「ああ、まったくそのとおりだ。わが軍に勢いのあるうちがチャンスだというのに……」

　山本が嘆息してみせると、同じく山口もため息しか出なかった。

　すると、山本が話を変えて言った。

「しかしまあ、悪い話ばかりではない。……オアフ島の防衛には、参謀本部もついに〝航空隊を派遣する〟と約束し、ようやく陸軍の協力を得られそうだ」

　これは本当の話で、軍令部と参謀本部のあいだですったもんだの話し合いをくり返した末に、陸軍航空隊の派遣に最後まで反対していた、参謀本部・航空主務部員の久門有文《くもんありぶみ》中佐を更迭《こうてつ》して、オアフ島への陸軍機投入がようやく決定されていたのだった。

「なるほど。それは朗報ですが、航空隊の規模にもよります。陸軍は、いったい何機ぐらい出してくれますか？」

山口がすかさず訊き返すと、山本は目をまるくしながら答えた。

「海軍としては戦闘機一〇〇機以上、重爆五〇機程度は欲しいと要求している。が……、実際にはどうなるか、まだわからん」

「いや、それでも少ないぐらいですが、脈はありそうですか？」

山口がさらにそう問いなおすと、山本は何度も首を振った。

「さあ、話し合いは相当もつれたから、こればかりはまったくわからんが、出すと決まったからには、その数は来週にでも決まるだろう」

ならば、待つほかないが、山口がこくりとうなずくや、山本は話を海軍にもどした。

「海軍は今月中に二五〇機、来月中にはなんとか四〇〇機を配備できそうだ」


一〇月中にオアフ島配備の海軍機が四〇〇機に達するならまず申し分ないが、海軍が航空兵力を思いのほか温存できたのは、ソロモン、ニューギニア方面での航空消耗戦を避けられたことが最大の要因だった。

米軍はオアフ島へ航空兵力を集中するのに躍起となっていたから、豪州方面への機材輸送にまでとても手がまわらなかったのだ。

「搭乗員の補充は大丈夫でしょうか？　今回もまた大激戦となり、優秀な者をずいぶん亡くしました……」

「ああ、それは私も聞いておる。なんとか人員だけは確保してあるが、練度の低下はいかんともしがたい。……オアフ島へ着任してからも航空隊には日々訓練に励んでもらい。すこしでも経験不足をおぎなうしかあるまい」

　これに山口もうなずくと、いよいよ山本が用件を切り出した。

「陸軍航空隊が加われば一〇月中にオアフ島の航空兵力も一応格好が付くから、前にもちらっと話したとおり、一一月一日の編制替えで統合艦隊の指揮下に『布哇方面艦隊』を設けようと思う。オアフ島の防衛は一応こちら（統合艦隊）に下駄を預けてもらい、連合艦隊には宿敵・太平洋艦隊との戦いに専念してもらうことにする。……とくに異存はなかろう？」

　すると山口は、ちょっと考えてからひとつだけ質問した。

「それは私も大いに望むところですが、ちかいうちに『大和』も進出し、一一月以降は連合艦隊も真珠湾に常駐するつもりです。ハワイ方面の司令長官はどなたですか？」

　新設の「布哇方面艦隊」と「連合艦隊」は密接に連携を取りつつ作戦する必要がある。山口が人選を気にするのは当然だった。

　山本は苦もなく即答した。

「小沢（治三郎）でよかろう」

「申し分ありませんが、ならば、機動部隊の指揮官（第二艦隊長官）はどうなりますか？」

　山口があらためてそう訊くと、山本は、人事のやりくりを一気に説明した。

「角田《かくた》（覚治《かくじ》）で不足はあるまい。角田は今、第三艦隊の長官だが、その後任に、原忠一をもってくる。原は一一月一日付けで中将に昇進するから問題ない」

　原少将の旗艦「加賀」はいうまでもなく戦没しており、空母「飛鷹」「隼鷹」もじつは連合艦隊の編制から一旦、外れることになっていた。

現在、原少将が司令官を務めている第三航空戦隊は一時解隊されることが決まっており、新たな三航戦司令官を決める必要はなかった。

三航戦の解隊はもちろん山口自身も承知しており、山口はすっかり納得して山本の説明にうなずいたのである。

山本と話し合った翌日の九月一一日。山口は帝都へ赴き、まず軍令部、次いで海軍省に出頭して戦勝の報告をおこなった。

山本大将が省部・双方に対してすでに意見具申をおこなっていたため、山口は〝講和へ向けての方策がなにか示されるか……〟と思い、すこしは期待していたが、まったくの期待外れだった。

軍令部、海軍省でも、とくに課長級以下の者はハワイ攻略に酔いしれ、浮かれっぱなしである。

「米軍なにするものぞ！　これですっかり、長期持久の体制がととのった！」

「向かうところ敵なし！　やっぱり連合艦隊は世界一だ！」

こうした空疎な強弁ばかりを何度も聞かされたが、だれの口からも、講和の〝こ〟の字さえ出て来ない。

――そりゃ、連合艦隊や前線の将兵は命懸けで戦うさ！　……しかし、いったいどうやってこの戦争を終わらせるつもりだっ!?　それを考えるのがコイツらの仕事じゃないのかっ！

そう思い、連合艦隊の活躍をみなが持ち上げるなか、山口は独り不機嫌だった。

唯一、軍令部次長の伊藤整一中将とだけは、すこしまともな話し合いができた。しかし、結局は東條（英機）内閣に講和の意思がないのだ。

とくにこういうときには海軍大臣の嶋田繁太郎大将にしっかりしてもらいたいところだが、伊藤次長がもらすには、嶋田大将がまったく東條英機の言いなりで頼りにならず、近ごろは嶋田のことを〝東條の副官、東條の腰巾着〟などと揶揄するぼやき声が、海軍部内で出始めている、とのことだった。

かたや、軍令部総長の永野修身大将は、伊藤次長以下にすべてを任せっきりで、それはよい面もあるが、講和などの外交事項に関して嶋田大臣にものを言えるのはやはり永野総長しかおらず、その点、まったく頼りにできず、非常に困っているとのことだった。

そんななか連合艦隊司令長官の山口多聞に対して陛下から特別にお召しがあり、山口は一五日に参内して謁見をゆるされた。

陛下は、「ハワイ沖海戦」での米空母や連合艦隊の戦い方などについて非常に興味を示され、かなり熱心なご様子でご下問になった。山口はできるだけ丁寧かつ詳細に説明申し上げ、陛下のおもとめに応じて、最後にみずからの意見をはっきりと申し上げた。

「大変優秀な若い搭乗員を今回もまた、たくさん亡くしました。わが国が戦いを有利に進めているあいだに、ぜひとも講和すべき、との思いを強くいたしております」

陛下はこれに深くうなずかれ、山口はもったいなくもお言葉を頂戴した。

「朕《ちん》も、一日も早く世界に平和がおとずれることを願うばかりである」

山口は深々とお辞儀をし、御前から下がったのである。

オアフ島への機材輸送はおおむね順調に進んでいた。結局、陸軍は手始めとして、戦闘機一〇〇機、軽爆、重爆あわせて五〇機、偵察機二〇機をオアフ島へ配備するとし、その後の戦況に応じて追加の航空隊を派遣するのもやぶさかでない、と回答して来た。

ただし、それら陸軍機はすべて海軍の手で輸送することになり、九月中にオアフ島・各飛行場の受け入れ準備もほぼ完了、一〇月下旬にはそれら陸軍機もオアフ島へ配備された。

また、真珠湾に残留した小沢中将は、陸軍とも協力してオアフ島以外のハワイ各島における要地をことごとく制圧、米軍兵力を域内から一掃して一〇月一五日にはハワイ諸島全域を帝国陸海軍の支配下に置いていた。

そして海軍は、昭和一七年一一月一日付けで統合艦隊の指揮下に「布哇方面艦隊」を創設し、その司令長官に予定どおり小沢治三郎中将が就任したのである。

帝国・統合艦隊　司令長官　山本五十六大将

【布哇方面艦隊】　司令長官　小沢治三郎中将

独立戦隊／重巡「妙高」「羽黒」

付属／駆逐艦六隻、潜水艦一六隻

・第一航空艦隊　司令長官　小沢中将兼務

第二二航空戦隊　司令官　吉良《きら》俊一《しゅんいち》少将

（ハワイ・オアフ島防衛）

第二四航空戦隊　司令官　松永貞市《さだいち》少将

（ハワイ・オアフ島防衛）

第二六航空戦隊　司令官　市丸《いちまる》利之《の》助《すけ》少将

（ミッドウェイ島防衛）

【連合艦隊】　司令長官　山口多聞大将
〈第一艦隊〉　司令長官　山口大将兼務
・第一戦隊　司令官　山口大将直率
　戦艦「大和」「武蔵」「山城」
・第四航空戦隊　司令官　城島《じょうじま》高次《たかつぐ》少将
　軽空「龍鳳」「祥鳳」「瑞鳳」
・第八戦隊　司令官　岸福治《ふくじ》少将
　重巡「利根」「筑摩」
・第一〇戦隊　司令官　木村進《すすむ》少将
　軽巡「長良」「名取」
・第一水雷戦隊　司令官　伊崎《いざき》俊二《しゅんじ》少将
　軽巡「阿賀野」　駆逐艦一六隻
〈第二艦隊〉　司令長官　角田覚治中将
・第一航空戦隊　司令官　角田中将直率
　空母「魁鷹」「翔鶴」「瑞鶴」

・第二戦隊　司令官　阿部弘毅《ひろあき》中将
　戦艦「長門」「比叡《ひえい》」「霧島」
・第七戦隊　司令官　志摩《しま》清英《きよひで》少将
　重巡「最上」「三隈《みくま》」
・第二水雷戦隊　司令官　田中頼三《らいぞう》少将
　軽巡「神通《じんつう》」　駆逐艦一六隻
〈第三艦隊〉　司令長官　原忠一中将
・第二航空戦隊　司令官　原中将直率
　空母「赤城」「飛龍」「蒼龍」
・第三戦隊　司令官　宇垣纏《うがきまとめ》中将
　戦艦「陸奥《むつ》」「金剛《こんごう》」「榛名《はるな》」
・第九戦隊　司令官　西村祥治《しょうじ》少将
　重巡「鈴谷《すずや》」「熊野」
・第三水雷戦隊　司令官　橋本信太郎少将
　軽巡「那珂《なか》」　駆逐艦一六隻

連合艦隊司令長官の山口大将も戦艦「大和」に座乗してすでに真珠湾に進出している。

連合艦隊の指揮下に在る航空母艦は軽空母をふくめて現在九隻。それら九空母の搭載する艦載機も五〇〇機を超えており、これに陸軍の約一七〇機と布哇方面艦隊麾下《きか》の基地航空部隊（第一航空艦隊）の約四〇〇機を加えると、オアフ島へ進出した帝国陸海軍の航空兵力は、一一月一日現在で一〇〇〇機を超えていた。

これまで山本・統合艦隊の参謀長を務めていた宇垣纒少将は、中将に昇進して第三戦隊司令官となり、戦艦「陸奥」「金剛」「榛名」を率いることになった。宇垣は砲術屋としての腕の見せどころだが、代わって統合艦隊の新参謀長には、同じく一一月一日付けで昇進した福留繁《ふくとめしげる》中将が就任していた。

周知のとおり、機動部隊指揮官を兼務する第二艦隊長官には角田覚治中将が就任している。角田中将は小沢中将にならって空母「魁鷹」に将旗を掲げていた。

かたや第三艦隊長官には、こちらも一一月一日付けで昇進した原忠一中将が就任しており、原中将は空母「赤城」に将旗を掲げていた。

第三戦隊司令官の宇垣中将（海兵四〇期卒）は同時に昇進した原中将（海兵三九期卒）の指揮を受けることになるが、兵学校の卒業年次は原のほうが一年上で先任になる。

そして、山口大将の直率する第一艦隊・第一戦隊は戦艦「大和」「武蔵」「山城」の編制で、軽空母三隻も依然その指揮下に入っている。目新しいところでは、新鋭艦の軽巡「阿賀野」が竣工しており、第一水雷戦隊の旗艦となっていた。

いっぽう、オアフ島占領を首尾よく成し遂げた三川軍一中将の第七艦隊は一時解隊されることになり、三川中将は今回の定期異動で第八艦隊司令長官に就任していた。

ラバウルを策源地とする第八艦隊は、これまで南東方面艦隊長官の清水光美中将が、その司令長官を兼務していたが、清水中将の兼務が解かれて三川中将が第八艦隊を率いることになった。

第八艦隊は重巡「愛宕《あたご》」「高雄《たかお》」「摩耶《まや》」を基幹としており、じつは旧・第七艦隊の編制とさほど変わっていない。第七艦隊がハワイからそのままラバウルへ進出して〝第八艦隊〟と改称。それと入れ替わるようにして、旧・第八艦隊の重巡「妙高」「羽黒」が真珠湾へ移動し、小沢・布哇方面艦隊の直属戦隊となっていたのである。小沢中将は重巡「妙高」に将旗を掲げていた。

連合艦隊の主力が再び真珠湾へ進出し、在オアフ島の陸海軍航空兵力も今や一〇〇〇機に達している。満足のゆく防衛体制を構築できたといってよく、連合艦隊司令長官の山口多聞大将は今、戦争の幕引きを図るために〝次なる作戦〟へ向けて航空隊の訓練を急いでいた。

それは、アメリカ軍の士気を阻喪せしめる作戦となるにちがいなかった。

4

本来は名誉なことだが、太平洋艦隊司令長官を続けるハメとなり、ニミッツ大将はいよいよ追い詰められていた。

――空母が無くては、本土西海岸の防衛もろくにできない！

アメリカ本土への脅威が次第に現実味を帯び始めている。日本軍は稀《まれ》にみる早さで軍人、軍属を大量にオアフ島へ移動させて、着々と同島を航空要塞化し始めている。

日本にこれほどの輸送力があったのか、と首をかしげたくなるほどだが、よく考えてみると、日本軍は開戦するや、フィリピンとマレー半島を同時に攻略してみせたほどだから、それぐらいの能力は持っていたし、事前にきっちりと準備もしていたのだ。両地への進出を二ヵ月で片付け、日本軍はさらにジャワ島以下、インドネシアの島々も三月中に攻略してみせた。

ジャワ島の大きさに比べれば、オアフ島などはほんの小島でしかなく、南進中に船舶を大して失わなかった日本軍は、それら輸送手段をこぞってハワイへ転じて来たのだ。

開戦と同時にミッドウェイを奪われてしまったことが予想外に大きく、日本軍は中継基地としてミッドウェイを存分に活用している。

もしミッドウェイが占領されていなければ、日本軍もこれほど早くオアフ島に兵力を集中できなかったはず。アメリカ陸海軍の戦争準備がととのわないあいだに味方はじりじりと後退を余儀なくされ、ハワイをごっそりもぎ取られて、ついには西海岸へ追い詰められてしまった。

しかも、空母がゼロとなったので反撃の仕様もない。ここは、西海岸一帯の主要都市に陸海軍の航空兵力をかき集め、エセックス級空母が一通りそろうまでは防衛に徹するしかなかった。

——そのためには、早急な組織改定が必要になる！　本土への空襲をゆるせば、いよいよ国民のあいだに厭戦《えんせん》気分が蔓延《まんえん》し始めるぞ……。

ニミッツとしては大いに責任を感じ、危機感を強めざるをえなかった。

キング作戦部長と話し合った翌日から、ニミッツは、一〇日間にわたってワシントンにとどまり続け、本土空襲を阻止すべく方策を、作戦本部でくり返し話し合った。

その結果、キングとニミッツは太平洋艦隊の指揮下へ、新たに「本土防衛艦隊」を設けるという考えで一致し、その司令官にハルゼーを任命することにした。

ハルゼー中将はマスコミ受けがよく、国民にもおよそ人気がある。陸軍もハルゼーには一目を置いており、なによりパイロットたちからの信頼が厚かった。

本土への空襲を阻止するには、どうしても陸軍航空隊の協力が必要になる。

海軍航空隊はもとより陸軍航空隊も「本土防衛艦隊」の指揮下へ入れ、ハルゼー司令官の命令で陸海軍機が一致協力して、作戦できるようにしておこうというのであった。

問題は陸軍がこれを認めるかどうかだが、ハワイを占領され、本土防衛は陸軍にとっても喫緊《きっきん》の課題となっていた。

それに西海岸・主要都市への空襲を阻止するには、味方の航空攻撃によって日本軍の空母を徹底的に撃破しなければならない。そういう意味では空母航空戦に長けたハルゼー中将に、陸海軍機の指揮を一元化しておくのが、最も有効であるのにちがいなかった。

キングがまず大統領の同意を取り付けると、ウィリアム・D・リーヒ統合幕僚長もこれに賛成して「本土防衛艦隊」の設立が認められた。

リーヒ提督は海軍出身だが、陸軍航空隊総司令官のヘンリー・H・アーノルド大将がまずその必要性を認め、陸軍参謀総長のジョージ・C・マーシャル大将も最後にはリーヒ大将の説得に応じてうなずいたのだった。

一〇月にはウィリアム・S・パイ中将が更迭されて、本土防衛艦隊司令官に就任したハルゼー中将はこれで名実ともにアメリカ太平洋艦隊の次席指揮官となった。

本土防衛艦隊の創設とともに、ニミッツ大将の参謀長にはスプルーアンス少将（アナポリス一九〇七組）が就任して、パイ中将の後任となる第一任務部隊の司令官にはロバート・L・ゴームリー中将（一九〇六組）が就任した。

ゴームリーの第一任務部隊もまた、本土防衛艦隊の指揮下に入っている。

ゴームリー中将は戦艦「ミシシッピ」に将旗を掲げており、「ニューメキシコ」「アイダホ」「コロラド」の四戦艦を直率している。緒戦の〝パールハーバー奇襲〟で沈没をまぬがれた戦艦「メリーランド」と「テネシー」はいまだ西海岸の基地で修理中だった。

味方機動部隊が全滅したため、護るべき空母を失くした、ウィリス・A・リー少将麾下の高速戦艦二隻「ワシントン」「インディアナ」も一時的に第一任務部隊の指揮下へ入れられていた。

先の「ハワイ沖海戦」で大破した戦艦「ノースカロライナ」と「サウスダコタ」もシアトル近くのブレマートン工廠で修理中だった。

ゴームリー中将の率いる、これら作戦可能な新旧・戦艦六隻は、太平洋艦隊が司令部を置くサンディエゴに碇泊している。

ハルゼー中将がひとたび〝必要！〟と判断した場合には、これら戦艦六隻もサンディエゴから出撃して、日本軍空母艦隊の攻撃を阻止することになっていた。

しかし、第一義的に日本軍の空襲を阻止するのは基地に配備された陸海軍機である。大規模な飛行場の在る四大都市・サンディエゴ、ロサンゼルス、サンフランシスコ、シアトルに有力な航空隊を置き、本土への空襲を阻止するが、ハルゼー中将の本土防衛艦隊は都市間の連携を図るため、西海岸のおよそ中央に位置するサンフランシスコに司令部を置くことにした。

こうして太平洋艦隊の編制は一新されたが、アメリカ陸海軍もまた、八月の戦いで大量の機材と搭乗員を喪失していた。航空隊をほとんど一から再建しなければならない。

そのためニミッツ大将は、キング大将の勧めに応じて太平洋艦隊の指揮下へ新たに「太平洋航空部隊」を創設。その司令官にジョン・H・タワーズ中将（一九〇六組）が就任した。

タワーズの太平洋航空部隊は、ハルゼー中将の本土防衛艦隊とはちがって、前線の戦いには直接参加しない。早い話が練習航空部隊であり、新規パイロットの育成を専門におこない、ハルゼー防衛艦隊に訓練の成った航空隊を途切れることなく供給、兵力の枯渇《こかつ》をまねかぬようにするのが、その目的であった。

さらには、一九四三年の年明け以降に続々と竣工してくるエセックス級空母とインディペンデンス級軽空母の母艦搭乗員を、タワーズ中将の太平洋航空部隊で今のうちに養成しておこう、という もうひとつの目的もあった。

じつは、ジョン・H・タワーズは生粋《きっすい》の飛行機乗りだが、キング大将とはまったく反りが合わなかった。一〇月までは海軍省・航空局長を務めていたが、キングは太平洋航空部隊の創設を口実にして、タワーズをワシントンから遠ざけることに成功したのである。

アメリカ合衆国の生産力、動員力はやはり桁違いで、航空部隊をほとんど一から再建したにもかかわらず、一一月中旬には本土防衛艦隊の兵力が一二〇〇機に達した。

むろん航空隊の練度はいまだ充分とはいえなかったが、そこには、少数ながら新鋭のグラマンF6Fヘルキャット戦闘機がふくまれており、陸軍爆撃隊やアヴェンジャーなどは、有効性が認められたスキップ・ボミング（反跳爆撃法）の訓練も本格的に開始していた。

本土・西海岸一帯の防衛体制はまがりなりにも出来つつある。

陸海軍機を統括するハルゼーにはこれまで以上に大きな権限があたえられ、一一月一八日付けでハルゼーは大将に昇進した。

そして、これまでハルゼー中将に仕えていたマイルズ・R・ブローニング大佐はハルゼーの下を去ることになる。ブローニングは以前より素行の悪さを問題視されており、将官に昇進する見込みがなかった。アメリカ海軍の慣例では〝大将〟に仕える参謀長には〝少将〟の資格が必要になるため、ブローニングに代わって少将への昇進が確実なロバート・B・カーニー大佐がハルゼー大将の参謀長に抜擢された。

ハルゼー大将は三名の候補者のなかから、最も温厚篤実なカーニーを指名した。

ちなみにフレッチャー中将（一九〇六組）は「サラトガ」艦上で負傷してしまい、一一月に復帰するも第一三海軍区（北方海域）司令官に就任していた。

第四章　飛鷹型と伊勢型

1

ここでいま一度、帝国海軍・空母の建造状況をきっちり整理しておきたい。

まず、マル急計画で昭和一六年一一月に起工された空母「雲龍《うんりゅう》」はこの一一月に進水、昭和一八年一〇月に竣工する予定となっている。

同じく、マル急計画で二月に建造が開始された改利根型重巡一隻も空母への改造が決まり、軽空母「伊吹」として昭和一八年一二月には竣工する予定となっていた。

また、改マル五計画で起工された雲龍型空母の二番艦と三番艦も昭和一八年の年明け早々には進水し、昭和一九年はじめに竣工する予定となっている。いや、二隻だけではない。大和型三番艦（信濃）を解体した横須賀工廠の第六船渠では、同じく改マル五計画で建造の決まった、雲龍型空母の四番艦、五番艦もこの六月にそろって起工されていた。雲龍型空母は二年未満の工期で建造できるため、これら空母二隻も昭和一九年五月ごろには竣工する予定であった。

さらに、水上機母艦「千歳」「千代田」も軽空母へ改造することが決まっており、昭和一七年内に改造工事に着手、昭和一八年一〇月ごろの竣工をめざしていた。

いっぽう、忘れてはならないのが装甲空母「大鳳《たいほう》」だ。昭和一六年七月に起工された「大鳳」は一八年四月に進水する予定で、昭和一九年三月の竣工をめざしていた。

以上、帝国海軍は「大鳳」が竣工する昭和一九年の春までに、装甲空母一隻、空母三隻（雲龍型四、五番艦を除く）、軽空母三隻の計七隻を建造して戦列に加えている。

それに、マル四計画での改造がすでに決まっていた護衛空母「祥鷹《しょうよう》」「神鷹《しんよう》」を数に加えると、計九隻の空母が昭和一九年の春までに完成していることになる。

ちなみに「祥鷹」（史実では「海鷹《かいよう》」だが、読みが「魁鷹」と重複するため、「祥鷹」に改名）は昭和一八年三月に改造工事を完了、「神鷹」は同じく八月に工事を完了する予定となっていた。

・昭和一八年内に竣工する空母（六隻）
三月……護衛空母「祥鷹」
八月……護衛空母「神鷹」
一〇月……中型空母「雲龍」
一〇月……軽空母「千歳」
一〇月……軽空母「千代田」
一二月……軽空母「伊吹」

・昭和一九年内に竣工する空母（六隻）
一月……中型空母「天城」
一月……中型空母「葛城」
三月……装甲空母「大鳳」
五月……中型空母「祥龍《しょうりゅう》」
五月……中型空母「神龍《しんりゅう》」
九月……中型空母「慶龍《けいりゅう》」
※艦名は仮称、中型空母はすべて雲龍型。

昭和一九年五月以降に竣工する空母もふくめると、計画中の空母は全部で一二隻になるが、雲龍型空母の七番艦以降については、いまだ正式には建造が決定されていなかった。

ところで、一旦、連合艦隊の編制から外されてひと足はやくハワイ海域から離脱していた旧・三航戦の空母「飛鷹」「隼鷹」は、八月二三日に呉の柱島錨地《びょうち》へ帰投していた。

同様の基本構造を持つ貨客船から改造された空母「魁鷹」と「飛鷹」「隼鷹」は準同型艦といえる性格の航空母艦だが、独り「魁鷹」が開戦前に竣工していたのに対して、飛鷹型二隻は竣工が開戦後となってしまった。「魁鷹」には機関を換装する時間があったが、ハワイ攻略作戦に間に合わせるためにあとの二隻にはそれができなかった。

そして、いざ運用してみると「飛鷹」「隼鷹」の速度はやはり空母として物足りない。魚雷を抱いた艦攻を連続で発進させるときには、どうしても不安を感じる。ほかの空母はおよそ余力を持って攻撃隊を出せるが、「飛鷹」「隼鷹」は攻撃隊を発進させるときに常時、機関を酷使する必要があるのだ。ましてや、開発中の新型機は今後ますます重量化してゆくので、できることなら「飛鷹」「隼鷹」に対しても、速度向上の改造を施しておくに越したことはなかった。

戦況が逼迫《ひっぱく》しておればその限りではないが、幸いにして米軍機動部隊は今、壊滅状態にある。実働空母が九隻も在れば、「飛鷹」「隼鷹」を一旦戦力外にしても〝およそ差し支えない〟と思われたので、これを機に速度向上の改造工事を実施しておくことにしたのだ。

しかも、先の海戦で被弾した「隼鷹」は、どのみち修理をおこなう必要がある。信頼性の高い陽炎《かげろう》型《がた》駆逐艦の主機（二隻分）へ「飛鷹」も同時に換装しておけば、将来制式化される新型艦上機も支障なく運用できると考えられた。

改飛鷹型空母「飛鷹」「隼鷹」要目
基準排水量／二万四五二〇トン
全長／二一九・三二メートル
全幅／三二・〇四メートル
飛行甲板・全長／二一〇・三メートル
飛行甲板・全幅／二七・三メートル
機関出力／一〇万四〇〇〇馬力（四軸）
最大速力／三〇・〇ノット
航続距離／一八ノットで一万一六〇〇海里
武装①／一二・七センチ連装高角砲×六基
武装②／二五ミリ三連装機銃×一二基
搭載機数／約六〇機（零戦など搭載時）
※昭和一八年七月に改造工事完了予定。

機関の換装に一〇ヵ月ほど要するが、工事完了のあかつきには、空母「飛鷹」「隼鷹」は「魁鷹」と同等の一線級空母に生まれ変わる。機関出力がおよそ八五パーセント増となり、最大速力は時速三〇ノットを確保できるため、新型艦攻や五〇〇キログラム爆弾搭載の新型艦爆なども、無理なく運用できるにちがいなかった。

一番艦「飛鷹」は昭和一七年九月一〇日に呉海軍工廠で改造工事に着手され、二番艦「隼鷹」は同じく九月二五日に佐世保海軍工廠で改造工事に着手されて、ともに昭和一八年七月の工事完了をめざすことになった。

2

いっぽう、帝国海軍のなかで髀《ひ》肉《にく》之《の》嘆《たん》をかこっている主力艦がもう二隻あった。

戦艦「伊勢」「日向」である。

最大速力が二五ノットしか発揮できない両戦艦は一旦、連合艦隊の付属とされ、早くから三つの改造案が検討されていた。

第一は空母に改造する案、第二は航空戦艦に改造する案、第三は高速戦艦に改造する案だが、まず、本格的な空母に改造するには優に二年以上の歳月が必要になると考えられたため、第一案は八月中に放棄された。また、第二案も魅力的ではあるが、艦載機の収容が出来なければかなり運用のむつかしい艦となってしまう。

ただし、艦載機の補充艦としては有益に思えたので、連合艦隊も第二案を採るか、第三案を採るかで相当に迷った。が、最終的には、「ハワイ沖海戦」の戦訓に鑑《かんが》みて、高速戦艦に改造するという第三案で意見が一致して、軍令部に改造要望書を提出した。

米軍機動部隊を実際に空襲した航空隊の報告によると、敵機動部隊はあらゆる艦艇をすき間なく周囲に配して空母をがっちり護っており、その鉄壁の輪形陣たるや〝連合艦隊の比じゃない！〟ということだった。

その報告を証明するようにして味方機動部隊は初日（八月一〇日）の戦いだけで三〇〇機余りを失っていたので、山口大将も衝撃を受け、伊勢型戦艦二隻を空母に随伴可能な高速戦艦へ改造することにしたのであった。

第三の改造案は、戦前に黒島亀人《かめと》が託宣を受けていた〝これからの艦隊主力は空母と巡洋戦艦の組み合わせにすべし！〟という山本権兵衛《ごんべえ》大将の啓示とも合致していた。

それに、第二案にしたがって航空戦艦に改造した場合には、速力は二五ノットのままで我慢することになり、それでは「伊勢」「日向」は、いざという時に空母群に付いてゆけず、後方へ取り残されることになる。

航空戦艦に改造しなおかつ高速化を図る、という案も一時は検討されたが、そうすると、工期がやはり二年近くも必要になるため、あまり欲張らずに高速戦艦に改造するという第三案に、結局は落ち着いたのだった。

「速力二七ノット以上！　空母に随伴可能な戦艦が、これで計一一隻となります！」

託宣どおりの改造を望む黒島大佐が強くそう推すと、山口大将も取り立てて不満はなく、これにうなずいた。

——戦艦同士の砲撃戦が生起するようなことは今後もまずないだろうが、万一でもそれが生起したとき、「大和」「武蔵」以下の戦艦一一隻が、二七ノット以上の速力で一斉に敵方へ向け突撃できるとすれば、そりゃ、「伊勢」「日向」の戦闘参加もあながちバカにはできんだろうな……。

第二案を採用して、航空戦艦に改造した場合には、こうした使い方はおよそできないだろう、と思われた。

問題は高速化を図るための主機の確保だが、雲龍型空母の最大速力はすべて三二ノットで我慢することにし、その分で浮いた主機を、伊勢型戦艦二隻の改造へ流用することにした。

伊勢型高速戦艦「伊勢」「日向」要目
基準排水量／三万五六〇〇トン
全長／二一五・八メートル
全幅／三三・八五メートル
機関出力／一五万二〇〇〇馬力（四軸）
最大速力／二九・二ノット
航続距離／一八ノットで一万五〇〇〇海里
武装①／三五・六センチ連装主砲×五基
武装②／一四・〇センチ単装副砲×一二門
武装③／一二・七センチ連装高角砲×八基
武装④／二五ミリ三連装機銃×一九基
※昭和一九年一月に改造工事完了予定。

すでに同様の改装工事を長門型、山城型戦艦で実施しており工期の短縮が見込まれたが、それでも戦艦の構造はやはり複雑で、主機の換装に飛鷹型空母のおよそ一・五倍、一五ヵ月ほど要すると見積もられた。

工事完了後、「伊勢」「日向」は最大速力・時速二九・二ノットを発揮可能な高速戦艦として面目を一新、主砲・第四砲塔二門と、副砲八門を撤去して対空兵装が大幅に強化される。高角砲を八基一六門、機銃も五七挺を装備し、長門型、山城型を上まわる対空攻撃力を持つことになる。

その代わりに主砲二門を撤去するので砲撃力は低下するが、二隻で二〇門を装備する三五・六センチ砲の威力は決してバカにならない。

一番艦「伊勢」は一〇月二〇日に呉工廠で、二番艦「日向」は一一月五日に佐世保工廠で改造工事に着手し、ともに昭和一九年一月の工事完了をめざすことになった。

高速戦艦への脱皮はより旧式な「山城」にも後れを取ってしまったが、晴れて機動部隊の一員となることがこれで約束されて、工事に携わる者には、「伊勢」と「日向」が来たるべきその日を夢見て溶接の火花を受けながら小躍りしているような感じに見えて、仕方がなかった。

第五章　王手飛車取り策

1

一九四三年（昭和一八年）一月三〇日・アメリカ西部標準時で午後二時一〇分——。

前年八月のハワイ決戦以降、長らく戦いが途絶えていたが、半年ちかくに及ぶ沈黙を破って、サンフランシスコのアラメダ基地から飛び立っていた一機のB17爆撃機が、ついに日本軍の大艦隊を洋上に発見した。

『敵大艦隊発見！　空母数隻、戦艦およびその他随伴艦多数！　敵艦隊はサンフランシスコの南西およそ五二〇海里の洋上を速力・約二〇ノットで北東へ向け航行中！』

この報告はサンフランシスコのハルゼー司令部だけでなく、サンディエゴのニミッツ司令部にもまもなくして届いた。

通信参謀から報告を受け、ニミッツ大将は俄然《がぜん》直感した。

——いよいよ、本土を狙って来たな！　サンフランシスコへ向けて進軍しているのは、日本の主力空母艦隊にちがいない！

その予兆はたしかにあった。情報参謀のレイトン大佐が一〇日ほど前に「日本軍空母数隻が行方知れずになりました！〃とニミッツに警告を発していたのである。

当然、ニミッツはハルゼー提督にも注意をうながし、臨戦態勢をととのえていた。それが今、サンフランシスコの南西沖に現れたのだ。

距離が五二〇海里ということは、おそらく敵空母艦隊は明日の夜明けを期してサンフランシスコを空襲して来るにちがいなかった。

日本の大艦隊がアメリカ本土へ刃《やいば》を向けて来たのはもはや疑いないが、敵艦隊との接触に成功したのが陸軍のB17爆撃機で、いまひとつたしかな情報に欠けていた。

――空母〝数隻〟か……。とにかく空母の数だけでも正確につかむ必要がある！

だが、そこはハルゼー提督、ニミッツが指図するまでもなく、アラメダ基地からまもなく六機のカタリナ飛行艇が追加で索敵に飛び立ったことがわかった。

敵艦隊は三時間後には四六〇海里付近まで近づいて来るだろう。飛行艇六機はもはや巡航速度で飛ぶ必要がなく、一六〇ノットの速度を維持して飛んでゆけば、三時間以内に敵空母群を発見するにちがいなかった。

明朝、サンフランシスコが空襲を受けるのは避けられない。ハルゼー大将は飛行艇六機に発進を命じるとともに、タワーズ・太平洋航空部隊とも連絡を取り、サンフランシスコ周辺基地へ陸海軍機を集結するように命じた。

ハルゼー提督の迎撃準備に抜かりはない。ニミッツもその指揮に全幅の信頼を置いていた。

ところが、発進したはずの飛行艇六機からいっこうに連絡が入らない。もはや三時間が経過して時刻は午後五時一五分になろうとしていた。

あとわずか五分で日没を迎える。

午後五時五〇分過ぎまでは薄暮が続くが、日没以降はどんどん日が暮れて、空母を判別するのがいよいよ困難になってしまう。

そして、ニミッツの心配は現実となり、ついに味方飛行艇六機から連絡は入らず、すっかり日が暮れた。

「……いったい、どういうことだ!?」

ニミッツが思わず首をかしげると、参謀長のスプルーアンス少将も首をひねってつぶやいた。

「わが飛行艇が敵艦を見落とすようなことはないはずです。急に気が変わって、敵艦隊は反転したにちがいありません」

まったく不可解だが、そうとしか考えられなかった。しかし現に、空母をふくむ日本の大艦隊が本土近海へ出現した以上、警戒態勢を安易に解くことはできなかった。


翌・一月三一日もサンフランシスコのみならずサンディエゴやシアトル周辺基地からも飛行艇や重爆を発進させて、索敵をくり返した。

すると、サンディエゴのノースアイランド基地から発進していたカタリナ飛行艇一機が、三一日の夕方・午後四時過ぎになって敵艦隊との接触に再び成功した。

『敵大艦隊発見！　空母五隻以上、戦艦数隻およびその他随伴艦多数！　敵艦隊はサンディエゴの西南西およそ四八〇海里の洋上を速力一八ノットで東北東へ向け航行中！』

報告を受け、ニミッツは今度こそ確信した。

「敵の狙いは（サンフラン）シスコじゃなく、このサンディエゴだ！　空軍によるサンディエゴの護りを手薄にするため、敵はまずシスコに陽動を仕掛けて来たにちがいない！」

スプルーアンスもそう思った。

現にタワーズ中将麾下《きか》の航空部隊は、サンフランシスコ周辺基地へ増勢されつつあり、サンディエゴ方面へ追加配備される予定は今のところ一切なかった。

日本軍は、まずアメリカ軍の警戒をサンフランシスコ方面へ向けさせて、その上でサンディエゴを空襲し、太平洋艦隊の〝心臓を突こう〟としているのにちがいなかった。

「敵空母は五隻以上となっておりますが、実際にはもっとたくさんいるはずです。……日本軍の艦隊用空母は全部で一一隻。レイトンの報告によりますと、そのうちの二隻は日本本土でオーバーホール中のようですから、多ければ九隻。五〇〇機程度の敵機がサンディエゴへ来襲する、と考えておくべきでしょう」

スプルーアンスがそう進言すると、ニミッツは大いにうなずいて命じた。

「うむ。すくなくとも翌朝、サンスランシスコが空襲される可能性はこれでなくなった。それより敵空母の脅威はこちらに差し迫っている！　ハルゼー、タワーズ両司令部に対して、可能なかぎりサンディエゴへ航空支援をおこなうよう要請してくれたまえ」

時刻は午後四時一二分になろうとしている。もはや日没までの残り時間は一時間一〇分を切っており、今から追加で索敵機を出しても、もう一度敵艦隊と接触できる見込みはない。

まもなくしてニミッツ大将の要請は両司令部に伝わり、ハルゼー大将とタワーズ中将は、サンディエゴへ航空支援をあたえるために、その準備を急いだのである。

2

連合艦隊主力で米本土へ迫り〝王手〟を掛ければ、敵の最も大切な駒である〝飛車〟をたやすくもぎ取れるだろう、というのが連合艦隊司令部のひねり出した奇策であった。

「実際に米本土を空襲するのかね？」

山口大将が念のために確認をもとめると、前年一一月付けで連合艦隊の航空甲参謀に返り咲いていたその男はきっぱりと答えた。

「いえ、サンディエゴに王手を掛けてみせるだけで、実際に王をもぎ取ろうというのではありません。……空襲はせずにさっさと引き揚げます。米軍の注意をまず、米本土方面へ引き付けるだけでよいのです」

この答えを山口長官のそばで聴いていて、首席参謀の黒島亀人大佐はすっかり脱帽せざるをえなかった。

黒島は単純に〝飛車〟を取りにゆくことだけを考えていたが、それに手を加えて〝王手飛車取り策〟をひねり出したのは、なにをかくそう一一月一日に航空甲参謀となっていた樋端《といばな》久利雄《くりお》中佐であった。

「しかしそうなると、空母を分散することになるが、兵力の分散はよくなかろう」

山口はさらにそう質《ただ》したが、樋端はきっぱりとこれを否定した。

「米軍機動部隊は今、壊滅状態にあります。戦う相手は敵基地航空隊のみですから、わが機動部隊は必ず先手を取れますし、少数精鋭のほうが奇襲を期待できます」

「なるほど……。一見兵力の分散に思えるが、じつは兵力を精鋭のみに絞り、迅速な行動を可能にするというのだな……」

「はい。味方空母群を二つに分けることになりますが、同時に王手を掛けられた米軍は、泣く泣く飛車を見捨てるしかございません」

山口がこれにうなずいて、「王手飛車取り策」が本決まりとなったのである。

【米本土陽動部隊】指揮官　山口多聞大将
・第一戦隊　司令官　山口大将直率
戦艦「大和」「武蔵」「比叡」
・第三戦隊　司令官　宇垣纏中将
戦艦「金剛」「榛名」「霧島」
・第四航空戦隊　司令官　城島高次少将
軽空「龍鳳」「祥鳳」「瑞鳳」
・第五航空戦隊　司令官　長谷川喜一《きいち》少将
護空「雲鷹」「大鷹」「冲鷹」
・第七戦隊　司令官　志摩清英少将
重巡「最上」「三隈」
・第九戦隊　司令官　西村祥治少将
重巡「鈴谷」「熊野」
・第二水雷戦隊　司令官　田中頼三少将
軽巡「神通」　駆逐艦一八隻
・補給部隊／タンカー五隻
駆逐艦二隻
〔真珠湾残留部隊〕指揮官　木村進少将
・第一〇戦隊　司令官　木村進少将
軽巡「長良」「名取」
・第三水雷戦隊　司令官　橋本信太郎少将
軽巡「那珂」　駆逐艦一二隻

【パナマ奇襲部隊】指揮官　角田覚治中将
・第一航空戦隊　司令官　角田中将直率
　空母「魁鷹」「翔鶴」「瑞鶴」
・第二航空戦隊　司令官　原忠一中将直率
　空母「赤城」「飛龍」「蒼龍」
・第二戦隊　司令官　阿部弘毅中将
　戦艦「長門」「陸奥」「山城」
・第八戦隊　司令官　岸福治少将
　重巡「利根」「筑摩」
・第一水雷戦隊　司令官　伊崎俊二少将
　軽巡「阿賀野」　駆逐艦一二隻
・補給部隊／タンカー一〇隻
　駆逐艦四隻

陽動作戦用に護衛空母三隻が一時、連合艦隊へ編入され、空母は全部で一二隻となっている。

これら空母を六隻ずつ二部隊に分けて「米本土陽動作戦」と「パナマ運河破壊作戦」をほぼ同時に実施する。米本土陽動用の空母は六隻とも小型空母で、パナマ運河破壊用の六隻はすべて中・大型の一線級空母だ。

こうした空母兵力の割り振り方をみてもわかるとおり、米本土に対する作戦はあくまで陽動であり、連合艦隊の真の目的はパナマ運河を破壊することにあった。

パナマ運河は、米軍の戦略、戦術の根幹にかかわる最重要中継地であり、太平洋と大西洋を結ぶ米国の〝喉元〟ともいえる。樋端はこれを将棋の最も重要な駒である〝飛車〟にたとえた。

かたやサンディエゴは、宿敵・太平洋艦隊が司令部を置く、敵の〝心臓〟であり、樋端はこれを将棋の〝王将〟にたとえた。

米本土、とりわけサンディエゴに対して連合艦隊が大兵力で迫れば、太平洋艦隊は必ずこれを護ろうとする。防衛の鍵を握る陸海軍の航空兵力を米本土で釘付けにできるのだ。そして、米軍の注意が米本土へ向けられているあいだに、すかさずパナマ運河を空襲すれば、およそ容易に地峡帯を破壊できる。それが樋端の考え出した「王手飛車取り策」であった。

　連合艦隊の大兵力で押し寄せると、パナマ破壊計画は事前に発覚する恐れがあった。万一そうなれば、米軍はパナマへ航空兵力を集中して来るに決まっている。

　それを避けるために連合艦隊の主力でサンディエゴにまず王手を掛け、そのあいだに機動部隊でパナマを空襲し、敵の大駒〝飛車〟を絞め殺してやろうというのであった。

　運河を絞め殺された米軍は大西洋、太平洋間の移動がきわめて困難となり、かつてロシアのバルチック艦隊がはるか喜望峰沖を回って大遠征を強《し》いられたように、新型空母をそろえて息を吹き返した米軍機動部隊もまた、南米のホーン岬沖をはるかに回って、ハワイ近海まで大遠征しなければならない。その場合、パナマ経由の三倍ちかくも時間が掛かってしまい、遠征中に航空隊の訓練も満足に実施できないとすれば、そこに連合艦隊の付け入る隙がある。

　長旅に疲れた米空母群をハワイ近海でじっと待ち受け、「日本海海戦」の〝輝かしい大勝利を再現する！〟という方程式がいよいよ現実味を帯びてくる。だからパナマ運河はぜひとも破壊すべきであり、この作戦だけはどうしても米側に悟られるわけにはいかなかった。

パナマまでの距離はじつに遠く、真珠湾から片道四六〇〇海里もある。そこで機動部隊の兵力を必要最小限に絞ることにした。

くどいようだが、部隊規模が大きくなればなるほど、事前に発覚する恐れも〝大〟となる。

そこで、第一、第二、第三艦隊を一時的に解隊して、本作戦用に部隊を大きく二つに再編成することにした。連合艦隊主力からなる「米本土陽動部隊」と一線級の空母六隻を基幹とする「パナマ奇襲部隊」である。

とくに「パナマ奇襲部隊」は、航続力に優れる艦艇でそろえることにした。戦艦三隻「長門」「陸奥」「山城」や利根型重巡二隻もそうだが、軽巡も新型の「阿賀野」一隻のみとし、駆逐艦は航続力の良好な秋月型四隻、夕雲型八隻、陽炎型四隻の計一六隻とした。

さらに本作戦に限って、軍令部もさすがに暗号解読の可能性は否定したものの実施時期の決定については連合艦隊に一任し、計画の秘匿に関して一定の配慮をにじませた。

これ幸いと、山口大将は入念に作戦計画を練り上げ、母艦航空隊の練度が充分な域に達するまでは、作戦の発動を我慢した。

パナマ攻撃を想定した一、二航戦航空隊の訓練は一一月から一月中旬までのおよそ二ヵ月半にも及び、そのあいだに奇襲攻撃用の「二式艦上爆撃機」三六機も準備した。五〇〇キログラム爆弾を搭載可能な新型艦上爆撃機「彗星《すいせい》」は急降下時の強度不足でいまだ制式化にいたっておらず、二式艦偵をすこしばかり改造して、まず二五〇キログラム爆弾を搭載しての急降下爆撃を可能にしたのが「二式艦爆」だった。

二式艦爆は爆弾搭載量こそ九九式艦爆と同等で物足りないが、二式艦偵ゆずりの航続力を活かして攻撃半径は四〇〇海里に及び、同機でパナマをまず奇襲してやろうというのが狙いだ。

母艦航空隊の訓練が佳境に入ると、山口大将は第三艦隊の一時解隊に踏み切り、原忠一中将が直率する第二航空戦隊の三空母「赤城」「飛龍」「蒼龍」を角田覚治中将の指揮下へ入れて、「パナマ奇襲部隊」をいよいよ編成した。

それが一二月二〇日のことだった。

山口大将は同時にみずからが率いる「米本土陽動部隊」も編成し、およそ正月返上で作戦準備を完了。まず角田中将の「パナマ奇襲部隊」が一月二〇日に真珠湾から出撃し、自身が指揮官を務める「米本土陽動部隊」も一月二三日に満を持して真珠湾から出撃したのであった。

3

――今日（二月一日）こそサンディエゴへ敵機が来襲するにちがいない！

ニミッツ大将以下、アメリカ軍のだれもがそう思って手ぐすね引いていたが、日本軍機は待てど暮らせどいっこうにやって来なかった。

それどころか、昼過ぎになっても味方飛行艇から一切報告が入らず、日本の大艦隊はまたしてもサンディエゴ沖からすがたを消していた。

「これで二度目じゃないかっ！　いったいどうなっとるんだ!?」

たまりかねたニミッツがめずらしく声を荒げたが、この疑問に答えられるような者はむろん一人もいなかった。

二月一日だけではない。翌・二日も西海岸のあらゆる基地から索敵機を飛ばしてみたが、敵艦はまったく見当たらず、日本軍艦隊はすっかり行方知れずとなってしまった。

「敵はなぜ、攻撃を仕掛けて来ない？ ……わが基地を攻撃せぬというなら、日本の大艦隊はいったい何のためにパールハーバーから出撃して来たのだ⁉」

またしてもニミッツが声を荒げると、スプルーアンスが半信半疑ながらもこれに応じた。

「まったく敵の真意を測りかねますが、空母が五隻以上も出て来たのですから、なにもせずに引き揚げるとは考えられません。ひょっとすると敵の狙いはシアトルではないでしょうか……。ブレマートンでは『サウスダコタ』などが修理中ですから、それを狙っているのかもしれません」

スプルーアンスはそう推測してみせたが、ニミッツは〝むう……〟とうなるのみで、なおも考え込んでいた。

しかたなくスプルーアンスが続ける。

「日本軍の狙いがもし、ブレマートンだとしますと、今日中に発見できないのは当然です。敵艦隊は大きく北へ移動することになりますので、早くても明日（二月三日）の午後にしか発見できないでしょう。……とにかく、このまま臨戦態勢を解かずに警戒し続け、明日まで待ってみるほかありません」

なだめるようにして、スプルーアンスがそう進言すると、ニミッツもようやく怒りをしずめてうなずいた。

「ああ、その可能性はたしかにあるだろう。ならば、もう一日だけ待ってみよう」

ところが、翌・二月三日は予想に反して、午後まで待つ必要がなかった。

午前五時三分。ニミッツはすでに起きて控室で待機していたが、副官が怒号のような声を発しながら、まず公室へ駆け込み、続けて控室のドアを勢いよく叩いた。

「ちょ、長官、大変です！　パナマが空襲されております！」

「なにっ⁉」

さしものニミッツも一瞬絶句した。が、直後に声を張り上げ、訊き返した。

「なんだと⁉　もう一度言ってみろ！」

「……ぱ、パナマが空襲されております」

副官の声は奮えていた。が〝パナマ〟というのはしっかり聞き取れた。背中に冷汗が流れて、ニミッツは再び絶句した。

――ぱ、パナマだとっ⁉　そんなはずはない！　三一日の夕方に敵空母五隻以上をサンディエゴ沖に発見したばかりじゃないか……。それからまだ二日半しか経っていない！　日本軍機動部隊はいまだアメリカ本土――ハワイ間のどこかで行動しているはずだ！

ニミッツがそう思うのも無理はなかった。

作戦可能な日本軍の艦隊用空母は軽空母をふくめても〝九隻〟とわかっていた。そのうちの五隻以上を一月三一日の夕刻に味方飛行艇が発見していたのだから、ニミッツが日本軍機動部隊は〝アメリカ本土近海で行動している！〟と思い込むのも当然だった。

しかし実際には、カタリナ飛行艇がサンディエゴ沖に発見した〝五隻以上〟には、大鷹型護衛空母もふくまれていたのである。

いうまでもなく、連合艦隊は米側の勘ちがいを誘うために、三隻の護衛空母を指揮下へ編入した上で真珠湾から出撃していた。ニミッツは、その偽装工作にまんまとだまされたことになる。

日本の空母が〝九隻〟と考えたのはニミッツの単なる思い込みであり、周知のとおり、本作戦に連合艦隊が動員した空母は、全部で〝一二隻〟をかぞえていた。

ニミッツは副官の報告をとても信じることができず、自問自答していた。

――そうか……。ＰＢＹは〝五隻以上〟と報告してきたが、空母をかぞえまちがえた可能性はあるかもしれんな……。

ニミッツはすでに公室へ移り、くずれるようにソファへ座っていた。するとそこへ、スプルーアンスが血相を変えて入って来た。

「長官、パナマが空襲されております！」

「ああ。もう聞いた」

「どっ、……どうされますか？」

スプルーアンスがたまらず訊くと、ニミッツは憮然とした表情で返した。

「どうもこうもない！　もはや、ジタバタしても始まらんだろう」

実際そのとおりだった。

サンディエゴからパナマまでの距離は二五〇〇海里もある。航空兵力を追加で送ろうにも距離が遠すぎて、防衛に必要な戦闘機を自力で進出させるのは不可能だ。

しかもタワーズ中将の太平洋航空部隊は、サンフランシスコやサンディエゴを防衛するため、この二、三日で西海岸の基地へ戦闘機を移動させたばかりだった。

じつは空母「エセックス」と軽空母「インディペンデンス」はすでに竣工しており、両空母とも一月初旬にはカリブ海へ出て習熟訓練を開始していた。一月二〇日以降は艦載機の発着訓練もやり始めており、こうしたくい違いがなければ、二隻が搭載するF6Fヘルキャット戦闘機はパナマへ救援に出すこともできたはずだった。

両空母を合わせてヘルキャット六〇機という数は、今すぐにでもパナマへ向け両空母から飛ばすことができれば、かなりの追加戦力となっていたにちがいなかった。

ところが、それらヘルキャットは昨日・午前中にサンディエゴのノースアイランド基地へ到着したばかりで、いまさらパナマへの進出を命じても到底、自力飛行では移動できないし、手後れなのはあきらかだった。

ただし、アメリカ陸海軍もパナマの防衛を決して軽視していたわけではなかった。

ハワイを占領されて以降は、日本軍機動部隊の脅威がパナマでも現実化し始めていた。

東西補給路の結節点となるパナマは日本軍艦載機の空襲を受ける可能性が充分にあり、一九四二年一〇月からアメリカ軍は、パナマ周辺三ヵ所で新たな飛行場の建設を急ぐとともに、防衛の要《かなめ》となるパナマ市街・ハワード飛行場の拡張工事にも着手していた。

そして、年が明けた一九四三年二月はじめのこの時点で、ハワード飛行場の拡張工事はすっかり終わり、同基地にはすでに一六〇機の陸海軍機が進出していた。また、周辺二ヵ所でも建設工事が完了しており、チャメ、アルブルック両飛行場には計六〇機の陸軍機が配備されていた。

これに飛行艇なども加えると、その数は二五〇機を超えており、それはロサンゼルスに匹敵するほどの航空兵力だった。防衛を重視して配備機の大半を戦闘機が占めており、陸海軍機が入り混じって種類は雑多ながらも、約一八〇機の戦闘機が防衛に当たっている。

「もはや事のなりゆきを見守るしかないが、パナマにも相当数の陸海軍機が配備されている。あとは、運河が破壊をまぬがれてくれることを、祈るばかりだ……」

「はい！　ですが希はあります。ＰＢＹの〝五隻以上〟という報告が正しければ、パマナ方面で行動中の敵空母は決して多くはなく、三、四隻かもしれません！」

ニミッツは、スプルーアンスの言葉にうなずくと、大きく〝ふう〟と息を吐いた。

「ああ、そのとおりだ！」

4

パナマはニューヨークやワシントンと同じアメリカ東部標準時に位置しており、サンディエゴとの時差は三時間で、ハワイとの時差は五時間三〇分だった。つまりパナマの時計はサンディエゴの時計よりも三時間ほど進んでいた。

ハワイ時間で一月二〇日に真珠湾から出撃した角田中将のパナマ奇襲部隊は、ハワイ南方洋上で米潜水艦の接触をゆるすも、しばらく疑似針路を取り続けてその追撃をかわし、現地時間の二月二日・午後五時三〇分に、パナマの南西・約七〇〇海里の洋上へ達していた。

全艦艇がすでに重油の補給を済ませている。

――これからの一時間ほどが勝負だ……。

時計を再確認しながら、角田中将は心のなかでそうつぶやいた。

それもそのはず。本日の日没時刻は現地時間で午後五時五三分。午後六時二五分ごろまで薄暮が続くので、まさにこれからの一時間ほどが勝負にちがいなかった。

パナマとの距離はいまだ七〇〇海里も離れているので敵機に発見されるようなことはまずないはずだが、決して油断はならない。

角田中将は、部隊の進軍速度をすでに二四ノットへ引き上げており、陣形も輪形陣から単縦陣に改めていた。

赤道にかなり近いため、弱いながらも北東から貿易風が吹いている。パナマ奇襲部隊はその風に向かって前進していた。

波は比較的穏やかで、天気も悪くない。雲量は三。上空にはスジ状の雲が漂っていた。

パナマに対する攻撃はできれば奇襲でゆきたいが、その希はどうやらつながった。

午後六時二五分を過ぎると、周囲がどっぷりと暗闇につつまれ、旗艦「魁鷹」以下の空母六隻はその行動を秘匿し続けたまま、パナマへ向けての夜行軍を開始した。

航空兵力は申し分ない。空母「魁鷹」「飛龍」「蒼龍」の三隻は、それぞれ六四機ずつを搭載し、「翔鶴」「瑞鶴」は七八機ずつを搭載していた。これに空母「赤城」の七二機を加えて、六空母の艦上に在る航空兵力は計四二〇機に達している。

多くを占めるのは零戦三二型、九九式艦爆、九七式艦攻の三機種だが、四二〇機には二式艦偵三機と二式艦爆三六機もふくまれていた。

とくに二式艦上爆撃機三六機は、周知のとおりパナマの敵飛行場を奇襲するために、本作戦用として特別に準備されていた。

夜のとばりが下りると、六空母の艦上から零戦が一斉に降ろされ、代わって格納庫から飛行甲板へ二式艦爆と艦攻が上げられて来た。

各母艦で二式艦爆六機ずつと艦攻三機ずつ、それが六隻で二式艦爆三六機と艦攻一八機だ。

米空母がパナマ近海で行動しているとは考えられないが、念には念を入れて一八機の艦攻をまず索敵に出す。それから時を置かずして、航続力と巡航速度に優れる二式艦爆に発進を命じ、奇襲を期そうというのであった。

補給部隊のタンカーと駆逐艦四隻はすでに後方へ分離されており、攻撃に参加する艦艇は全部で二四隻に絞られている。

単縦陣とはいえ、隊列を乱さず夜間に二四ノットで航行し続けるのは簡単ではないが、夜戦をお家芸とする帝国海軍は、長年にわたってこうした訓練をくり返してきた。

各艦は遺憾なく訓練の成果を発揮してみせ、落伍するようなものは一隻もない。

はたして、速力二四ノットで疾走し始めてからたっぷり一二時間半が経過し、二月三日の午前六時を迎えた時点で、パナマ奇襲部隊の二四隻はぴったり三〇〇海里の距離を前進して、パナマの南西およそ四〇〇海里の洋上へ達した。

日の出時刻は午前六時七分。わずかあと七分で日の出を迎えるため、周囲はもはやすっかり明るくなっていた。

依然、北東から風が吹いており、母艦六隻は針路を変えることなく攻撃隊を発進させられる。

午前六時ちょうど。部隊はいまだなにものにも発見されておらず、角田中将は奇襲成功を予期しつつ攻撃隊に出撃を命じた。

六隻の母艦から、まず索敵隊の艦攻三機が次々と発艦してゆき、二式艦爆六機が間髪を入れずに艦攻の発艦に続いた。

二式艦爆は、全機が爆弾倉内に二五〇キログラム爆弾一発ずつを装備しており、両翼下に増槽を装備している。ガソリンも満載して機体重量は四トンちかくにも達するが、発艦するのはわずか六機だし、母艦六隻はいずれも三〇ノットにせまる高速で疾走していた。

奇襲攻撃隊と索敵隊の発進はわずか五分で終了し、全機が悠々と飛び立った。二式艦爆三六機はまもなく空中集合を終えると、パナマ上空をめざして進撃して行った。

東の水平線上に太陽が昇って来る。奇襲攻撃隊はまばゆい陽光へ吸い込まれるようにして、空の彼方へ消えて行った。

角田中将は「魁鷹」の艦橋からそれを見送っていたが、母艦六隻の艦上は息も継がずに慌ただしく動き始めていた。

続けて制空攻撃隊の零戦を出撃させる。

空母「魁鷹」「赤城」「飛龍」「蒼龍」からそれぞれ零戦六機ずつ、空母「翔鶴」「瑞鶴」からそれぞれ零戦九機ずつ、合わせて四二機の零戦をパナマ上空へ差し向けて制空権を奪取する。

ただし、零戦のみでは洋上航法におよそ難があるため、「魁鷹」「飛龍」「蒼龍」の三空母は同時に二式艦偵一機ずつ、計三機を発進させて制空攻撃隊を先導、パナマへの往復を支援することになっていた。

零戦四二機と二式艦偵三機は、奇襲攻撃隊の二式艦爆が撃破し損ねた敵機に対して、追い撃ちを掛け、零戦の機銃掃射で敵飛行場から、戦闘機や爆撃機を一掃する。

四二機の零戦はすべて増槽を装備しており、午前六時三〇分には発進準備がととのった。

母艦六隻は北東の風へ向けてなおも疾走し続けており、パナマまでの距離は、午前六時三〇分の時点でおよそ三八五海里となっていた。

基地攻撃なので増槽を装備した零戦なら充分に往復できる。艦隊はさらにパナマへ近づいてゆくので、帰投時には母艦までの距離が三〇〇海里を切っているはずだった。

制空攻撃隊の発進も五分で終わり、角田中将はパナマへの針路を維持したまま艦隊の進軍速度を二五ノットまで引き下げた。

時刻はまもなく午前六時四〇分になろうとしており、東の水平線上には太陽がすっかり顔をのぞかせていた。

5

奇襲攻撃隊の二式艦爆三六機は高度二〇〇〇メートルを維持して飛んでいた。

空中指揮官を務めるのは江草隆繁少佐だ。

高度をわずか二〇〇〇メートルに維持しているのは敵のレーダー探知を避けるためだが、高度が低いとその分だけ余計にガソリンを消費する。とはいえ、帰投時は三〇〇海里ほど飛ぶだけで母艦へもどれるので問題はなかった。

——戦闘機の護衛がないので、是が非でも奇襲を成功させる必要がある!

江草はそう誓っていたが、最も心配なのは敵艦の存在だった。パナマへ近づくにつれて、敵艦と出くわす確率が高くなる。高度が低いため、途中洋上でもし敵艦と遭遇すれば、事前に通報されてしまうだろう。

そうなれば、奇襲はもはや望めない。そのため江草は常に、上空を漂う雲の位置を確認しながら軍を進めていた。万一、敵艦を見付けた場合には編隊ごと雲へ飛び込み、敵の眼をごまかしてやろうというのだが、天気が良いため、上空にはスジ状の雲が漂うだけで、隠れ蓑として役立ちそうな雲はあいにく見当たらなかった。

発進からおよそ一時間が経過し、江草隊はパナマの南西およそ二〇〇海里の上空へ達して、いよいよその危険性が高まってきた。が、気象条件はほとんど変わらない。

もはやここまで飛んで引き返すのもかえって面倒だから、万一、敵艦と遭遇した場合には一気に速度を上げて〝パナマ上空まで突っ切るしかない！〟と、江草は覚悟を決めた。

しかし速度を上げると、当然ガソリンを大量に消費するので、母艦への帰投が危うくなる。それでも江草は、この作戦が国の命運を左右する、ということを肝に銘じており、後へ退く気などさらさらなかった。

午前七時三〇分。江草隊は予定どおりパナマの南西およそ一〇〇海里の上空へ差し掛かった。幸運にもいまだ敵艦とは遭遇しておらず、三六機の二式艦爆は二〇〇ノットの速度を維持して、なおもパナマ上空をめざしていた。

――よーし、ここまでくれば御《おん》の字だ！　あとはなにがなんでも突っ込んでやる！

江草は突入の決意をさらに固めたが、それもそのはず。巡航速度で三〇〇海里の距離を前進することができ、これで速度を上げても母艦へ帰投できる可能性が出てきたのだ。

いざ、となれば増槽を切り離し、二式艦爆は時速二九五ノット（およそ五四六キロメートル）の最大速度を発揮できるが、じつは米側も監視体制を緩めていたわけではなかった。

パナマ沿岸では常時、オハマ級の軽巡「コンコード」が哨戒任務に就いており、この日も同艦が洋上の警戒に当たっていた。

ところがここでも、樋端中佐のひねり出した陽動作戦がまんまと効いていた。西海岸沖に日本の大艦隊が現れたということはパナマにも伝わっており、パナマ防衛軍は〝日本軍機動部隊が迫りつつある〟とは露《つゆ》も考えていなかった。

アメリカ西海岸とパナマはあまりにも遠い。日本の空母が本土・西海岸方面で行動しているとすれば、軽巡「コンコード」が監視の眼を光らせるべき対象は敵機ではなく、むしろ日本軍潜水艦のほうだった。

夜を利してパナマ湾内へ潜入し、潜水艦で運河の施設に〝砲撃を仕掛けて来る〟というようなあざとい企ては、いかにも日本軍が好んで仕掛けて来そうな攻撃にちがいなかった。

軽巡「コンコード」はその潜入を阻止するために、このときパナマ港の沖合い三〇海里付近で対潜哨戒網を張っていた。それが「コンコード」にとっては、ここ数日間のいわば日課となっていたのである。

三六機の二式艦爆は今、同艦の上空へ刻一刻と迫りつつあった。

パナマまでの距離はすでに五〇海里を切っており、両者が接触するのはもはや時間の問題となっている。

はたして、いちはやく異変に気づいたのは「コンコード」のほうだった。

「艦長！　先ほどからレーダーに妙な影が映っております」

レーダーに張り付いていた通信兵の催促に応じて、艦長のアーヴィン・R・チェンバース大佐が画像を覗き込むと、そこにはたしかに不穏な影が映っていた。

「……なるほど。ものすごいスピードで移動しているな……。北東だから……、こりゃいかん、行き先はパナマだ！」

そう気づいた直後から、チェンバースの顔色が急変した。

通信班長を呼び付けてチェンバースが大急ぎで命じる。

「司令部へ通報せよ！　正体不明の大編隊がパナマへ急接近しつつある、だ。急げ！」

この命令に応じて「コンコード」が緊急電を発したのが午前七時四九分のこと。しかしそのときにはもう、江草少佐も「コンコード」の存在に気づいており、奇襲攻撃隊は速度を一気に二八〇ノットまで引き上げ、高度二〇〇〇メートルちかくへ上昇しつつあった。

――よし！　パナマはもう目と鼻の先だ！　あと八分も掛からんぞ！

江草が気合いたっぷりとなって、そう念じるのは当然で、パナマまでの距離はもはや三五海里を切っていた。

事はまさに寸秒を争う。

列機がみな、後方へ付き従っているのを再確認すると、江草は攻撃隊の進撃速度をさらに二九〇ノットへ引き上げた。

その直後に、日本軍攻撃隊がほぼ真上を飛び過ぎ、「コンコード」はしゃかりきとなって高角砲をぶっ放したが、猛烈な速度で北進してゆく敵機を到底、撃ち落とすことはできなかった。

そして、そのころにはすでに基地のレーダーも日本軍機の接近をとらえており、「コンコード」の発した通報を疑うような者は、もはや一人としていなかった。

「敵機来襲！　すべての戦闘機を大至急、迎撃に上げよ！」

基地の司令が唾《つば》を飛ばして命じたが、日本軍機が来襲するとはだれも考えておらず、飛行場では発進準備がほとんど整っていなかった。

命令を受けてからエンジンを始動して、パイロットがあたふたと兵舎から駆け出す。いまだ朝食を終えておらず、パンをくわえながら走っている者さえいた。

パイロット数名がようやく前列に駐機していたF6Fヘルキャットへ飛び乗ったが、時計の針はもはや止まらない。

それは午前七時五六分のことだった。

先頭で駐機していたヘルキャットの車輪止めが外された直後に、高空から急降下した江草少佐の二式艦爆が、狙いすましたようにして敵戦闘機の頭上から二五〇キログラム爆弾を投げ込んだ。

それを見て整備員が声を張り上げ、退避を呼び掛けるも、後の祭りだった。

けたたましい炸裂音が鳴りひびき、助走を開始したばかりのヘルキャットが粉々に砕け散る。

直後に同機は激しく燃え上がり、後方に居並ぶヘルキャットも、もはや発進どころの騒ぎではなくなった。

エンジンを掛けたまま愛機から飛び降り、それらパイロット数名が、蜘蛛の子を散らしたように滑走路の外へ駆け出す。整備員はすでにみな、防空壕へと走り去っていた。

そこへ残る二式艦爆が次々と襲い掛かり、容赦なく爆弾を投じてゆく。真っ先に突入した江草少佐は、それを後ろ手に見、愛機を上昇させながら大きくうなずいた。

――奇襲成功だ！　……二式艦爆の高速性能はすばらしい！

地上の敵機は次々と粉砕され、炎に包まれてゆく。江草は勝利を確信し、後部座席の石井飛曹長に打電を命じた。

『われ奇襲に成功せり！』

じつは、ここ（ハワード飛行場）にも海兵隊のF6Fヘルキャット二〇機がすでに配備されていたが、さしもの新鋭機ヘルキャットといえども地上で撃破されたのでは、その実力をまるで発揮できなかった。

まもなく二式艦爆による飛行場への爆撃は二〇分ほどで終了したが、投弾を終えた江草機以下は再び低空へ舞い下りて、破壊をまぬがれた敵機に容赦なく機銃掃射を加えた。

それを見て、一旦、消火に当たろうとしていた整備兵らも再び防空壕の方へ逃げ帰り、ハワード基地の惨状はさらに一五分ほど続いた。

滑走路にはいまだ無傷の戦闘機が三〇機ほど残されていたが、破壊された機の残骸を取り除かないことにはとても発進できない。

結局、地上で撃破した米軍機は七〇機ちかくに及び、その大半が戦闘機だった。

ただし、奇襲攻撃隊も損害を出しており、対空砲火によって遭えなく五機の二式艦爆が失われていた。

午前八時三二分。江草少佐が攻撃隊に引き揚げを命じたとき、残る二式艦爆は江草機をふくめて三一機となっていた。

戦いはまだ終わらない。

江草隊が飛び去ったとき、ハワード飛行場には掩体に隠されていたものもふくめて、いまだ九〇機以上もの陸海軍機が飛行可能な状態で残されていた。そのなかには、重量級のB17爆撃機やB24爆撃機、海兵隊のワイルドキャット戦闘機やアヴェンジャー雷撃機、それにドーントレス爆撃機などもふくまれていた。

これら陸軍爆撃機や海兵隊機などを発進させれば、日本軍機動部隊に反撃の鉄槌《てっつい》を下すことができる。しかし、それには、破壊された友軍機の残骸を取り除き、いま一度、滑走路を整地しなおす必要があった。

——なんとしても敵空母を探し出し、必ず反撃してやる！

空襲を受ける直前に湾内泊地から一二機の味方飛行艇が飛び立っていたので、基地の司令はそう息巻いていたが、消火に成功し、滑走路の復旧に着手し始めた、その矢先に、さらなる日本軍機が基地上空へ来襲した。

むろんパナマ上空へ続いて進入して来たのは制空攻撃隊の零戦四二機と二式艦偵三機で、それは江草隊が飛び去ってからわずか一一分後、午前八時四三分のことだった。

板谷茂《いたやしげる》少佐の率いる制空攻撃隊は、時速一八〇ノットでパナマ上空をめざし、たっぷり二時間八分ほど飛び続けて、今ようやくハワード飛行場の上空へ到着した。零戦はすでに全機が増槽を切り離している。

かたや、二式艦偵三機はいずれも爆弾倉内に追加燃料タンクを装備しており、両翼下に六〇キログラム爆弾二発ずつを装備していた。

進撃中に板谷機は、江草機の発した『奇襲成功せり！』の電報を受信しており、パナマ湾上空へ差し掛かると、なるほど、敵飛行場とおぼしき地上から幾筋もの煙が昇っていた。

さらに近づいてよく見ると、滑走路では敵機の残骸が無数に散らばっていたが、エプロン地帯や滑走路のソデには、いまだ飛べそうな敵機も五〇機ほど残されているのがわかった。

「よし、あそこだ！　全機突撃せよ！」

そう命じたのはよかったが、その直後に思わぬ伏兵が現れた。

じつは、ハワード基地の窮状を察したチャメ飛行場とアルブルック飛行場から、計一八機のP40戦闘機が舞い上がり、ハワード上空へ救援に駆け付けたのだった。

突撃命令を発した直後に、板谷少佐は一〇時の方向に敵機群を発見し、一部列機に対する命令をとっさに取り消して、愛機をふくむ零戦一八機で応戦せざるをえなかった。

敵機との距離がいまだ一万五〇〇〇メートルほど離れており事なきを得たが、高度は味方のほうがよほど低かったのでまずは上昇しなければならなかった。

零戦の上昇力はすばらしい。

たっぷり一分ちかく上昇したところで、ちょうど敵機群とかち合い、ほぼ対等な高度を確保した直後に戦いとなった。

板谷機以下はまず向首反攻で突っ込み、敵機の群れがバラけたところで、すかさず〝一対一〟の空中戦へ持ち込んだ。米軍パイロットは一旦離脱しようと試みるも、P40の旋回力ではいかんともしがたく、多くの零戦が敵戦闘機の後ろを取って追い掛けまわしている。

板谷機自身も一機のP40に喰らい付き、戦闘開始から五分と経たずしてまんまとそれを撃墜してみせた。

そのあたりから板谷は直感し始めた。

――ははあ……、コイツらの技量は知れとるな……。勇敢に向かって来たが、実戦経験もほとんどないような雑魚《ざこ》ばかりだ！

板谷の観察眼に狂いはなく、米軍パイロットの技量はたしかに劣弱だった。

無理もない。経験豊富なベテラン・パイロットは西海岸方面の航空隊へ優先的にまわされていたし、パナマ方面でも優秀なパイロットはまずハワード基地の配属となっていた。

さしもの米軍もパイロットは不足気味で、チャメ、アルブルックなどの新設飛行場には、いまだ実戦経験のない新参パイロットを充当し、不足を補わざるをえなかった。

対する制空攻撃隊の零戦搭乗員は選りすぐりの精鋭といってよく、板谷機以下はわずか五分ほどの空中戦で、零戦一機を失いながらも七機のP40を撃墜してみせた。もはやこれらP40を蹴散らすのに多くの零戦を必要とせず、板谷機以下の六機は俄然、飛行場の攻撃に向かった。

最精鋭の零戦六機が空戦場からにわかに抜け出し、戦闘機同士の戦いは今〝一一対一一〟となっている。

やがて、板谷機以下の零戦六機が遅ればせながらハワード基地の上空へ駆け付けると、先行した零戦二四機と二式艦偵三機は、じつに手際よく地上の敵機に追い撃ちを掛けていた。

二式艦偵が緩降下爆撃で六〇キログラム爆弾をねじ込んだにちがいなく、エプロン地帯にずらりと居並ぶB17など、敵・大型爆撃機の列からもうもうと黒煙が昇っている。

大きな機体が中央から切断され、別のB17も主翼をもぎ取られている。さらにはプロペラが吹き飛び、炎に包まれて今にも爆発しそうな爆撃機も在った。そこへ零戦九機が代わるがわる襲い掛かり、猛烈な機銃掃射で追い撃ちを掛けてゆく。

敵・爆撃機群に対する攻撃は〝もはや充分〟とみた板谷少佐は、列機とともに滑走路の方へ機首を転じ、いまだ無傷と思われる敵戦闘機の一群へ襲い掛かった。

かたや空戦場では、零戦が二機を失いながらもさらに敵戦闘機七機を撃墜しており、残り四機となったP40のパイロットはすっかり戦意を喪失して、アルブルック基地の方へ争うように遁走して行った。

零戦九機はしばらくそれを追撃していたが、やがて〝深追いはよくない！〟と気づいて、それら九機もハワード基地への攻撃に加わった。

そのあと、制空攻撃隊による猛攻は一五分以上にわたって続き、とにかく戦闘機、爆撃機にかかわらず、眼に付く敵機に射撃を加えてことごとく損傷を負わせた。

結局、制空攻撃隊は空戦で零戦三機、対空砲火で零戦二機を失いながらも、敵戦闘機、敵爆撃機合わせて六〇機ちかくを地上で撃破し、空中戦においても一四機のP40を撃墜していた。

それでもなお、ハワード基地には飛行可能な戦闘機三六機が掩体《えんたい》に残されていたが、江草「奇襲攻撃隊」と板谷「制空攻撃隊」は、息も継がせぬ空襲を敢行し、合わせて一四〇機以上の米軍機を粉砕していたのである。

日本軍・制空攻撃隊は午前九時一二分にパナマ上空から飛び去ったが、米軍・ハワード飛行場はすっかり大破して、復旧に数日を要するであろう手痛い損害をこうむっていた。

こうしてまずは奇襲に成功したが、角田機動部隊はいまだパナマの敵飛行場をおよそ無力化しただけにすぎなかった。

6

真珠湾から出撃した真の目的は、むろん運河を破壊することにある。敵飛行場を大破しただけでは当然、目的を達したとはいえない。

日本軍の空母六隻は午前一〇時三〇分ごろ、パナマから飛来した米軍飛行艇によって発見されていた。その時点で角田部隊はパナマの南西およそ二八五海里の洋上まで前進していたが、午前九時五〇分ごろから順次、二式艦爆や零戦などが艦隊上空へ帰投し始め、母艦六隻は、パナマ空襲から帰投して来た攻撃機の全機を、午前一一時までに収容した。

――よーし、首尾よく敵飛行場を破壊したが、ここからが本当のパナマ攻撃だ！

そう思い、角田中将以下、魁鷹司令部の面々はあらためてふんどしを締めなおしていた。

艦隊はなおも速力二五ノットでパナマをめざしている。そして、いよいよその時が来た。

午前一一時三〇分。パナマの南西およそ二六〇海里の洋上まで前進すると、角田中将はすかさず攻撃隊に出撃を命じ、母艦六隻の艦上から一斉に第一波攻撃隊の零戦が発進を開始した。

第一波攻撃隊／攻撃目標・パナマ運河施設
①空母「魁鷹」／零戦九、艦爆一二
①空母「翔鶴」／零戦九、艦爆二一
①空母「瑞鶴」／零戦九、艦爆二一
②空母「赤城」／零戦九、艦攻一八
②空母「飛龍」／零戦九、艦攻一五
②空母「蒼龍」／零戦九、艦攻一五

※○数字は各所属航空戦隊を表わす。

第一波攻撃隊の兵力は零戦五四機、九九式艦爆五四機、九七式艦攻四八機の計一五六機。

艦爆は全機が二五〇キログラム陸用爆弾を装備しており、四八機の艦攻のうち、二一機が二五〇キログラム爆弾二発ずつ、残る二七機は破壊力の大きい八〇〇キログラム爆弾一発ずつを装備していた。いや、爆弾を装備しているのは艦爆、艦攻だけではない。零戦も出撃機の三分の一に当たる一八機が、六〇キログラム爆弾を一発ずつ装備していた。

発進作業は滞りなく進み、午前一一時四二分には、第一波攻撃隊の全機が難なく艦隊上空へ舞い上がった。

けれども、それで終わりではない。

立て続けに第二波攻撃隊を放って本格的な攻撃を仕掛け、今度こそ運河の施設を破壊してやろうというのであった。

第二波攻撃隊／攻撃目標・パナマ運河施設
①空母「魁鷹」／零戦六、艦攻一八
①空母「翔鶴」／零戦九、艦攻一八
①空母「瑞鶴」／零戦九、艦攻一八
②空母「赤城」／零戦六、艦爆一二、艦攻六
②空母「飛龍」／零戦九、艦爆一二
②空母「蒼龍」／零戦九、艦爆一二
※○数字は各所属航空戦隊を表わす。

第二波攻撃隊の兵力は、零戦四八機、艦爆三六機、艦攻六〇機の計一四四機だが、第二波には索敵から帰投した艦攻九機もふくまれていた。

第二波攻撃隊もまた、艦爆は全機が二五〇キログラム爆弾を装備しており、艦攻六〇機のうちの二一機が浅海面用の航空魚雷一本ずつ、二一機が絶大な破壊力を誇る八〇〇キログラム徹甲爆弾を一発ずつ、さらに残る一八機は八〇〇キログラム陸用爆弾一発ずつを装備していた。

そして、午後零時二〇分には第二波攻撃隊の発進準備もととのい、角田中将が満を持して出撃を命じるや、その全機が午後零時三二分には発進を完了した。

こうして、運河を破壊するための矢はすっかり放たれたが、決して油断はならなかった。

第二波攻撃隊を発進させた直後から、戦艦「陸奥」の対空見張り用レーダーに反応があり、パナマ方面から米軍攻撃隊が来襲しつつあると判明したのだ。

「ほう……、米軍航空隊に、攻撃隊を出すほどの余力が残されていたか……」

さしもの角田中将も意外そうな顔つきで、そうつぶやいたが、じつは、チャメ、アルブルック両飛行場から合わせてＰ38戦闘機一八機とＢ25爆撃機二四機が飛び立ち、日本軍機動部隊の攻撃に向かって来たのだった。

まったく米軍は油断がならないが、連合艦隊司令部も、パナマ周辺に〝新たな飛行場が建設されていた〟ということまでは、さすがに把握できていなかった。

それら敵機は〝あと三〇分ほどで来襲する〟と報告されたが、ハワード基地を空襲した板谷隊がすでに帰投しており、このとき艦隊には、全部で六六機の零戦が残されていた。

角田中将は当然それら全機に発進を命じた。

7

チャメ、アルブルック飛行場から出撃した米軍攻撃隊は決して低高度で飛行することができなかった。艦隊は常に移動している。

基地は決して移動しないため、これを攻撃する場合は低く飛んでも差し支えないが、艦隊を攻撃する場合は高度を高く執り、洋上を広く見張る必要がある。でないと、移動中の敵艦隊を見失ってしまう。常に洋上を捜索しながら飛ぶ必要があるため、心理的に、とても低高度で飛べるものではなかった。

米軍攻撃隊は日本軍艦艇のレーダー探知を容易にゆるし、めざす空母群を発見する前に零戦から波状攻撃を受けた。

それでもP38三機とB25二機が空母群の上空へ達したが、かれら技量未熟なパイロットは、スキップ・ボミングを用いた対艦攻撃法の手ほどきをいまだ受けていなかった。

高度二五〇〇～三〇〇〇メートルで投じられた五発の爆弾は、日本軍艦艇に一発も命中せず、空母「蒼龍」の右舷およそ一五〇メートルの洋上に巨大な水柱を昇らせて、「蒼龍」の乗員を驚かせただけに終わった。

零戦は六機を失っていたが、米軍攻撃隊を難なく退けることに成功し、角田中将もひとまず胸をなでおろして、味方攻撃隊から入る報告電に耳を傾けていた。

はたして午後一時二二分、旗艦「魁鷹」が第一波攻撃隊の突撃命令を受信した。

第一波の隊長は関衛少佐が務めている。

まずは予定どおり、艦爆のおよそ半数でハワード飛行場にとどめの爆撃を開始したが、運河の反対・大西洋側のコロン方面から新手の米軍戦闘機が迎撃に現れ、パナマ上空ではまたもや空中戦が始まった。

じつは、カリブ海で対潜哨戒任務に就いていた護衛空母「サンティー」に対して太平洋艦隊司令部からパナマの救援に向かうよう指示が出されており、「サンティー」から飛び立ったF4Fワイルドキャット二四機がたった今、パナマ上空へ駆け付けたのだった。

ちなみに、同じサンガモン級護衛空母の「サンガモン」「スワニー」「シェナンゴ」の三隻は、一月中旬までにパナマ運河を通過して、このときカリフォルニア半島（メキシコ）のマグダレナ港で待機していた。

三空母は本土が空襲された場合に備えて待機していたが、マグダレナからパナマまでは二〇〇〇海里以上も離れており、これら鈍足の護衛空母に出撃を命じたとしても、パマナ空襲中の日本軍機動部隊を捕捉するのは不可能だった。

パナマ上空の空中戦は一五分ほどで〝けり〟が付いた。第一波攻撃隊には零戦五四機が随伴しており、それら零戦から猛烈な反撃を喰らって兵力が半減したワイルドキャットは、防衛をあきらめコロン上空へと引き揚げて行った。

パナマ上空の制空権は日本側が握っており、ワイルドキャットが退散するすこし前から、運河の施設に対する爆撃はすでに始まっていた。

艦爆の残る半数はおもに敵・対空陣地へ爆弾を投下し、艦攻四八機は閘門の起動を支える施設へ容赦なく重量級の爆弾を叩き込む。

そこへ零戦も加わり、動きまわる米兵や兵舎に銃撃を加えていった。

ちょうどそのとき、イギリス船籍の貨物船がミラフローレス閘門を通過しようとしていたが、艦攻一機がまんまと八〇〇キログラム爆弾を命中させてたちまちこれを大破し、立ち往生となった同船が水路を塞いで、運河は早くも通航不可能となってしまった。

船上では火災も発生しており、漏れ出た重油に引火、水路も真っ赤に燃えている。

それだけではない。第一波攻撃隊の空襲はたっぷり三〇分ちかくにわたって続き、基地の対空砲はおよそ沈黙、船を牽引するための電気機関車が横倒しとなって燃え始め、水路の両岸に在るクレーンや倉庫、発電所などもことごとく破壊されていった。

午前一時五〇分過ぎに第一波の空襲は終わったが、米軍守備隊がほっとしたのもつかの間、そのおよそ一五分後には、村田重治少佐の率いる第二波攻撃隊も運河上空へすがたを現した。

そして、そのときにはもう、パナマ上空の制空権はすっかり日本側のものとなっており、第二波攻撃隊の猛攻をさえぎるようなものはおよそなにもなかった。

対空砲火もまばらとなっていたが、第二波の零戦が対空陣地に機銃掃射を敢行し、米軍の反撃をことごとく封殺してゆく。それをしりめに艦爆や艦攻がわがもの顔で運河上空を飛びまわり、いよいよ本格的な空爆を開始した。

村田少佐の直率する雷撃隊と北村一良《かずら》大尉の率いる水平爆撃隊が一斉に低空へ舞い下り、両隊とも二手に分かれてペドロ・ミゲル閘門《こうもん》とミラフローレス閘門に殺到してゆく。これらはふたつとも太平洋側に在る閘門だが、それらの閘門へじかに魚雷と徹甲爆弾をぶち込み、パナマ運河の最も重要な通航設備を一気に粉砕してやろう、というのであった。

かたや千早猛彦《ちはやたけひこ》大尉の率いる艦爆三六機は、水路の周囲に在る工場、掘削重機、牽引用タグボートなどに対してすでに爆撃を開始しており、これら補助施設をたちどころに粉砕してゆく。

飛び散る破片が周囲を圧し、立ち昇る爆炎に恐れをなして、米軍守備兵はもはやすっかり戦意を喪失していた。

さらに楠美正《くすみただし》少佐の率いる艦攻一八機は破壊力抜群の八〇〇キログラム爆弾を装備しており、九機の零戦に護られながら、地峡帯の奥へとさらに進撃してゆく。

運河の分水嶺に当たるクレブラ・カットへ爆弾を叩き込み、急峻な谷底に在る水路を土砂まみれにし、封鎖してしまおうというのであった。

クレブラ・カットと呼ばれる切通しの崖は、地質がもろいためにがけ崩れが発生しやすく、運河建設時に最も工事に手こずった難所である。たび重なるがけ崩れに対処するため、山肌一面がコンクリートで固められていた。

そのコンクリートを粉砕してしまえば、がけ崩れによる土砂で、水路をすっかり封鎖することができる。急峻な谷底での復旧工事になるため、ここを封鎖すれば、パナマ運河を何年も通航不能におとしいれることができるはずだった。

午後二時一〇分、各隊長が今や遅しとばかりに突撃命令を発し、爆弾や魚雷が次々と投じられてゆく。

搭乗員はみな技量抜群、帝国海軍・母艦航空隊の最精鋭だ。しかも運河攻撃を模して、飛行隊は二ヵ月ちかくにわたってハワイで猛訓練をくり返してきた。

当然ながら運河の水深は浅く、普通なら雷撃は不可能なところだが、浅海面魚雷を装備した村田雷撃隊は訓練も充分で、狭い水路を縫《ぬ》って魚雷を投下、閘門を次々とぶち抜いてゆく。

その攻撃が一通り終わると、破壊をまぬがれた閘門に狙いを定めて北村大尉の水平爆撃隊が容赦なく重量級の徹甲弾を叩き込んだ。

その効果たるや絶大で、徹甲弾が閘門を開閉部から根こそぎ破壊。村田、北村両隊はおよそ二〇分におよぶ攻撃で、ペドロ・ミゲル、ミラフローレス両閘門・計一〇ヵ所のうちの、九ヵ所までを見事な手際で破壊してみせた。

閘門がぶち破られるたびに水路の流れが鉄砲水となって太平洋側へ押し出される。暴れ川が氾濫したような格好で、バルボア港（太平洋側の運河入口）の埠頭《ふとう》や桟橋《さんばし》は激流に呑み込まれて水浸しとなり、運河の水が一気に枯れてイギリス船籍の貨物船は大破したまま水路に着底した。

クレブラ・カット（分水嶺）からバルボア港へ至る水路はもはや空堀のような様相を呈し始めている。これだけでもパナマ運河はすでに致命的な打撃をこうむっていたが、センテナリオ橋の上を飛び越えた楠美少佐の艦攻一八機がついにクレブラ・カットの上空へ達し、間髪を入れずに八〇〇キログラム爆弾を投下し始めた。

この八〇〇キログラム陸用爆弾は、四〇センチメートルの鉄筋コンクリートをぶち抜く破壊力を持っている。

威力満点の爆弾が炸裂するたびに、山肌のコンクリートがどっと砕け落ち、覆いかぶさるようにして水路を埋めてゆく。

いや、それだけではない。爆弾の炸裂音が谷間にこだまし、コンクリートの支えを失った斜面がみずから崩れ落ち、土石流となって押し流すように水路を埋めていった。

しかし、これが地形の持つ本来のすがたで、そもそも水路などはなかったのだ。日本軍機が飛び去ったあとも土砂崩れがおさまらず、これでパナマ運河はすっかり封鎖された。

「クレブラ・カットが崩壊しております！」

幕僚から報告を受けた、パナマ軍管区司令官のバン・ホールズ陸軍中将は、防空壕内の指揮所でくずれ落ち、うわごとのようにつぶやいた。

「う、運河が、消されてしまった……」

復旧には数年を要するにちがいなく、まもなくサンディエゴの司令部で報告を受けたニミッツ大将とスプルーアンス少将も、ホールズ中将と同じようにソファへくずれ落ちたのである。

いっぽう、角田中将の戦意はまるで衰えることを知らず、日本軍の空母六隻は、翌日も攻撃隊を放って、大西洋側に在るガトゥン閘門も徹底的に破壊し尽くした。

米陸海軍にその攻撃を阻止するような手立てはもはや残されていなかった。

第六章　新型艦戦「烈風《れつぷう》」

1

零戦の後釜となる新型艦戦の開発はいちじるしく難航していた。三菱で開発中の一七試艦上戦闘機（史実では烈風）のことである。

搭載エンジン「誉《ほまれ》」（中島製）の不調もさることながら、三菱技術陣による機体開発も完全な失敗に終わった。一四試局地戦闘機「雷電」と同様の空力的に不利な紡錘形《ぼうすいけい》の機体形状を採用し、主翼の長さ（全幅）は一四メートルにも達する。艦上戦闘機でありながら艦攻にも匹敵するようなバカでかさだ。これは「誉」を前提とした機体設計ではなく、あきらかに自社製（三菱製）エンジン「ハ四三（三菱社内呼称・A20）」の搭載を前提とした設計で、「ハ四三」よりも出力の小さい「誉」を搭載したのでは、計画どおりの速力を発揮できないのは素人目でもあきらかだった。

三菱の「ハ四三」は高出力だがいまだ実用化にいたらず、実用化できるかどうかさえわからぬような代物だ。海軍が搭載エンジンに「誉」を指定するのは当然で、現に「誉」は、陸軍の四式戦「疾風《はやて》」やのちの「紫電改《しでんかい》」に搭載され、徐々にではあるが、不具合を解消しつつあった。三菱は機体開発の失敗を、「誉」の不調に転嫁し、責任をなすり付けているにすぎない。

──三菱は、ライバル・中島が開発した「誉」を排除し、新型艦戦にどうしても自社エンジン「ハ四三」を搭載したいのだな……。

その気持ちは海軍・空技廠長の和田操《みさお》中将にもわからぬではなかったが、「ハ四三」の実用化を待っていたのでは、新型艦戦の実戦配備は、いつのことになるやらわからない。

戦闘機用一八気筒エンジンの量産化では、中島の「誉」が三菱の「ハ四三」より、和田の見立てでは、どうみても一年半以上は先行しており、「ハ四三」の量産化を待っていたのでは、新型艦戦の実戦配備は早くて昭和二〇年・秋口、遅ければ昭和二一年になっても実現しないのではないか、と思われた。

空技廠長としては、一七試艦戦の搭載エンジンに「ハ四三」を指定できるはずがなかった。

機体開発があきらかな失敗に終わり、和田は三菱に対して一七試艦戦の開発中止を命じた。

その上で〝背に腹は代えられない……〟と考えた和田は、中島を通じて、藁《わら》にもすがる思いで陸軍と交渉し、四式戦「疾風」の艦上機化を打診して内諾を得た。

むろん「紫電改」の開発は続けるが、「疾風」のほうが開発がかなり先行していた。

ところで三菱だが、小型機用一八気筒エンジンの開発ではすっかり中島に後れをとっていたものの、すでに開発済みのエンジンについては、中島製のものより三菱製のほうが、安定性、信頼度が高かった。

そこで和田は、三菱に対して、これが〝最後のチャンスだ！〟と言わぬばかりに、一定の温情を示した。

「どうしても〝自社製エンジンで新型艦戦を開発したい！〟というのなら、すでに実用化されている『金星』エンジン（三菱製）であらためて新型艦戦を開発してみるがよい！　もし手が足りぬなら、一七試艦戦の開発はもとより一四試局戦（雷電）の開発も中止すればよい！」

これは海軍の命令であり、和田操がそう言及したところ、三菱技術陣も一四試艦戦の開発を続けながら意地になって新型機の開発に取り組み、昭和一八年七月に「金星六二型」エンジンを搭載した新型艦上戦闘機を開発し、量産化してみせたのである。

海軍航空本部は翌月・一八年八月、同機にあらためて「烈風」という名称（史実とは別）を付与し、制式採用へ踏み切ることにした。

新型艦上戦闘機「烈風」／乗員一名
・搭載エンジン／三菱・金星六二型
・離昇出力／一五六〇馬力
・全長／九・六二メートル
・全幅／一一・五八メートル
　主翼折りたたみ時／六・〇メートル
・最大速度／時速三一六ノット
　／時速・約五八五キロメートル
・巡航速度／時速一八〇ノット
・航続距離／八〇〇海里（増槽なし）
　／一一二〇海里（増槽あり）
・武装／二〇ミリ機銃×二（一五〇発×二）
　／一三ミリ機銃×二（二四〇発×二）
・兵装／二五〇キログラム爆弾一発
※昭和一八年七月より量産開始。

――なんだ！　本気でやれば、それらしいものができるじゃないか……。

開発に三菱が着手してからわずか一年三ヵ月ほどでの量産化だ。和田は思わず心のなかで、そうつぶやいたが、なるほど、最大速度は時速六〇〇キロメートルにはとどかないまでも、新型機は零戦三二型と比べて、五〇キロメートルほどの速度向上をみていた。

量産・一号機が高度六〇〇〇メートルにおいて時速三一六ノットの最大速度を記録し、早速、和田から報告を受けると、航空本部長の塚原二四三中将はあくまで「疾風」や「紫電改」が完成するまでの〝つなぎだ〟としながらも、同機の採用に踏み切ったのだった。

昭和一八年八月以降、帝国海軍の主力空母は順次「烈風」を搭載してゆくことになる。

2

一九四三年七月。新型艦戦「烈風」が量産化にこぎつけたころ、ヨーロッパ戦線で大きな動きがあった。

イタリアの首相ベニト・A・ムッソリーニが失脚し、ピエトロ・パドリオ政権が誕生したのである。翌・八月にはローマの無防備都市化が宣言され、九月八日にはパドリオ政権が連合軍に無条件降伏した。

これで「日独伊三国同盟」の一角がもろくもくずれ、東條内閣の国家戦略も一からの見なおしを余儀なくされた。ところが東條は、戦争終結への方針を明確に示すことができず、「ドイツと一緒に戦う！」の一点張りだった。

前年八月にハワイの占領に成功し、二月にはパナマ運河の封鎖にも成功。これらの好機に乗じて米国政府と和平交渉を進めるべきとの声にも、東條はまるで耳を貸そうとしなかった。

和平交渉の成否は別にして、戦争終結への努力だけでも始めるべきなのに、すでにじり貧に陥《おちい》りかけているナチス・ドイツとあくまで〝運命をともにする！〟と言い張るのだから、東條内閣の無策に重臣（首相経験者）らが、こぞって不信任を突き付けた。

最後には、東條内閣成立の立役者である木戸幸一内大臣にも見限られ、陛下のご信任が去ったと悟った東條英機は、九月二五日にいよいよ内閣の総辞職を言上した。

陛下はただちにお認めになり、九月二六日には鈴木貫太郎・元海軍大将に大命が降下した。

組閣に当たって鈴木首相は、海軍大臣に山本五十六大将を指名し、陸軍大臣に阿南惟幾《あなみこれちか》大将、外務大臣に吉田茂が就任した。

山本五十六の海相就任は岡田啓介《けいすけ》・元海軍大将らの根回しによって実現したが、鈴木首相自身もそれを大いに歓迎した。山本が米国通であることを承知していたからであり、米英と講和を図るには、両国にも名の知られた山本五十六が、打って付けにちがいなかった。

山本はむろん開戦時、統合艦隊司令長官を務めており、「真珠湾攻撃」を指揮していなかった。

山本五十六は海軍大臣に就任するや、女房役となる海軍次官に井上成美《しげよし》中将を据えた。このとき井上は第一護衛艦隊（海上護衛総隊麾下《きか》）の司令長官を務めていたが、九月三〇日付けでその職を栗田健男《たけお》中将にゆずった。

それまで海軍次官を務めていた沢本頼雄《よりお》中将は中部太平洋艦隊長官に就任し、南雲忠一《なぐもちゅういち》中将は支那方面艦隊長官となった。また、支那方面艦隊長官を務めていた近藤信竹《のぶたけ》大将は、海上護衛総隊の長官となり、それまで海上護衛総隊長官を務めていた古賀峯一《みねいち》大将が、山本五十六のあとを受けて統合艦隊司令長官に就任した。

古賀大将は統合艦隊長官へ就任するに当たって参謀長に大西瀧治郎《たきじろう》中将を所望し、海相の山本はそれを了承した。

折しも帝国海軍は定期人事をおこなう時期を迎えており、山本五十六はここで思い切った人事を断行した。

軍令部総長の永野修身大将・元帥は、このところ健康状態も優れないため、軍事参議官に退いてもらうことにした。

そして、山本のたっての希望により、昭和一八年一〇月一五日付けで新たな軍令部総長に、米内《よない》光政《みつまさ》大将が就任したのである。

米内大将の現役復帰と、軍令部総長への就任については、伏見宮博恭王《ふしみのみやひろやすおう》からもすでに了解を取り付けてあったので、山本五十六の希望はすんなり容れられた。

米内大将を支える軍令部次長は、引き続き伊藤整一中将が務めているが、伊藤も米内総長への交代を大いに歓迎した。

また軍令部では、同じく一〇月一五日付けで第一部長に上阪香苗《こうさかかなえ》少将（海兵四三期卒業）が就任し、黒島亀人少将（海兵四四期卒業・同日付けで大佐から少将へ昇進）が第二部長に就任、さらに第三部長には、海兵四三期卒業の矢野英雄《ひでお》少将が留任していた。

かたや海軍省では、山本は次官の井上成美とも相談して、軍務局長に高木惣吉《そうきち》少将（海兵四三期卒業）を抜擢し、省内から東條・嶋田色を一掃していた。

すべては早期講和を実現するための人選にほかならない。

いっぽう、連合艦隊司令長官は依然として山口大将が務めている。海軍大臣に米国通の山本大将が就任したことで、山口もいよいよ和平を意識し始めていた。

搭乗員をはじめとする若い優秀な人材をこれ以上、喪いたくはないが、講和が成立するかどうかは相手があってのこと。パナマ運河を封鎖された米国がそれでも戦いを続けるのかどうかだが、連合艦隊をあずかる山口としては、決して気を抜くことはできなかった。

3

宿敵・太平洋艦隊は機動部隊の立て直しに懸命のようだが、その敵機動部隊がパナマ運河を封鎖され、三月以降も大西洋へ引っ込んだままとなっている。

いまや、太平洋は〝連合艦隊の海〟といってもよいほどで、やろうと思えば、いつでも米本土を空襲できる。

パナマ破壊作戦は最初の奇襲が成功して戦いがことのほか順調に進み、味方空母六隻が喪失した艦載機は五〇機に満たなかった。

しかし、米軍は本土の防衛をさらに固めているにちがいなく、下手に米本土を空襲すれば、味方も大量の艦載機を失うと思われた。

──できれば、米軍がハワイ奪還へ乗り出して来るその前に講和して、戦争を終わらせたいところだが、こればかりはどうなるかわからん……。やはり最精鋭の母艦搭乗員は、敵のハワイ奪還に備えて機動部隊同士の戦いに温存しておき、めったやたらに米本土を空襲して貴重な戦力をすり減らすわけにはいかん！

そう考えた山口は、勢いに任せて米本土を空襲するような作戦は採らなかった。下手に攻勢を仕掛ければ航空兵力を消耗するばかりだし、肝心の艦隊決戦時に搭乗員の枯渇を招きかねない。

ここは航空隊の〝増員と底上げが必要だ！〟と考えたが、東條内閣や大本営は和平のお膳立てもせずに早く〝米本土を空襲しろ！〟と連合艦隊に催促してくるばかりだった。

山口はこれをうまくかわして黙殺した。

米本土を空襲するにしても、作戦の実施時期については連合艦隊の決定に委ねられていたし、嶋田繁太郎も、ハワイを占領して、なおかつパナマ運河を見事に封鎖してみせた〝時の連合艦隊司令長官〟をいまさら代えるようなことは、なるほどできなかった。

一九四三年三月以降、日米戦はおよそ膠着《こうちゃく》状態に陥っていたが、山口も単に手をこまねいていたわけではなかった。

敵機動部隊が大西洋で鳴りをひそめているこの機をとらえ、山口は母艦搭乗員の練度の平均化を図っておくことにした。

パナマ作戦を終えた空母六隻が真珠湾へ帰投して来ると、かれら最精鋭のベテラン搭乗員を一旦基地の配属とし、代わって経験の少ない搭乗員を母艦航空隊の配属にした。

百戦錬磨の搭乗員を若手の育成に従事させるとともに、発着艦の技量を持つにいたった搭乗員に実戦経験を積ませて〝航空戦力の底上げを図っておこう〟というのだ。

　山口は、小沢中将の協力も得て、母艦搭乗員をほとんど総入れ替えし、新たに母艦勤務となった搭乗員を角田中将にあずけ、実戦経験を積ませることにした。

「練度向上のためとはいえ、新たに母艦航空隊へ配属された者にいきなり米本土を空襲させるのはちょっと無理でしょう」

　参謀長の酒巻少将がそう言うのはもっともであり、山口は大いにうなずいた。

「だから豪州方面の敵基地を叩くことにする。フィジーやニューカレドニアを空襲し、実戦経験を積ませるのだ」

　なるほど、ハワイ諸島を占領された米軍は、豪州方面へ航空兵力を移動させるのに四苦八苦しており、フィジーやニューカレドニアにはさほど強力な航空部隊が配備されていない。現在ポートモレスビーが散発的な空襲を受けているが、空襲の規模は大したことがなく、そのことは豪州方面の米豪航空隊が機材の補充に苦しんでいる、ということを実証していた。

　ましてや二月には、パナマ運河の封鎖に成功しており、豪州方面の敵航空隊はますます機材の補充に苦しむことになる。そこを機動部隊で一気に叩けば、オーストラリア政府がまず音を上げ、宗主国のイギリスも対応に苦慮するはずだ。英豪両国が太平洋で日本と戦うことの意義を疑問視するようになれば、それを切っ掛けにして和平に持ち込める可能性も出てくるだろう。

――たしかに、米国政府が最も嫌がるのは、豪州方面を空襲されることかもしれない……。

そう思った酒巻も山口の考えに賛成して、連合艦隊は四月中旬に主力空母六隻でフィジーなどを空襲したのであった。

最精鋭のベテラン搭乗員はその空襲にまったく参加していなかったが、米側の予想に反してフィジーなどを空襲したため、角田機動部隊の攻撃は奇襲となり、航空隊は大した被害を出すこともなく、豪州方面から米軍航空兵力を一掃することに成功した。

当時、米軍は四〇〇機ちかくの陸軍機をフィジーやエスピリトゥ・サント、ニューカレドニアといった島嶼《とうしょ》基地に配備していたが、敵機はおよそ分散しており、角田機動部隊は七二機を失いながらも、これら敵機を各個撃破してみせた。

同方面に配備されていた敵機のほとんどが陸軍機であり、空母を相手にした戦いに敵が慣れていなかったことにも助けられ、作戦は期待どおりの成果をおさめた。

豪州方面に対する一連の機動空襲作戦において角田機動部隊は全体の一八パーセントに相当する搭乗員を亡くしていたが、戦いを乗り切った多くの搭乗員は、貴重な実戦経験を積むことができたのである。

本作戦は五月末まで、一ヵ月半にわたって続けられ、角田中将麾下の空母六隻は、六月一六日に真珠湾へ帰投して来た。

その間にハワイの連合艦隊では、熟練者に指導を受けた若手が「龍鳳」「祥鳳」「瑞鳳」を活用して訓練にいそしみ、発着艦の技量を持つ搭乗員がさらに一五〇名ほど増やされていた。

そして、そのころには内地で「飛鷹」「隼鷹」が高速化の改造工事を完了しており、両空母は新鋭機の彗星、天山を満載して、七月一日に真珠湾へもどって来た。

また、三月には護衛空母「祥鷹」が、八月には護衛空母「神鷹」も無事に竣工しており、七月以降は彗星、天山だけでなく新型艦戦・烈風も、五隻の護衛空母で真珠湾へピストン輸送されて来るようになった。

ちなみに「祥鷹」「神鷹」は、空母への改装と同時に新しい機関（出力五万二〇〇〇馬力）への換装工事も終えており、「祥鷹」は二三ノット、「神鷹」にいたっては軽空母並みの二五・五ノットを発揮できるようになっていた。

空母「飛鷹」「隼鷹」が速力三〇ノットを発揮できるようになったのは、じつに頼もしい。

そこへ烈風、彗星、天山といった新鋭機も続々と加わり、これまで米本土空襲にはおよそ慎重になっていた山口大将も、一〇月いっぱいでこれら新鋭機の補充を終えると、いよいよ自信を深めるようになっていた。

——この数ヵ月で航空隊のほうも、よほど練度の底上げができた！　どうやらお膳立ては、すべてととのったようだ……。

さらに、海軍大臣は最も信頼できる山本大将に代わっており、山口が指示を仰ぐべき軍令部総長も米内大将に交代していた。

——山本さんなら米国との講和を必ず考えておられるはず！　米本土空襲はそれでこそやり甲斐もあるというものだ……。

なるほどそのとおりで、ここへ来て英豪両国は日本との戦いを疑問視し始めていた。

　山口の仕掛けた、豪州方面に対する機動空襲作戦が効いてきたにちがいなく、吉田茂・新外相や山本も、これをひとつの突破口として連合国側に揺さぶりを掛けようとしていた。

　種々の情勢に鑑みて、連合艦隊司令長官の山口多聞大将は、米本土に対する空襲をついに決意したのである。

第七章　連合艦隊新編制

1

昭和一八年一〇月五日には改飛龍型空母の一艦目となる「雲龍」が竣工して、一〇月一五日には連合艦隊の人事も一新されていた。

一一月一三日。待望の空母「雲龍」が一ヶ月に及ぶ習熟訓練を終えて真珠湾に入港して来ると、山口大将は一一月一五日付けで連合艦隊の編制を一新した。

◎連合艦隊　司令長官　山口多聞大将
（在真珠湾）　同参謀長　矢野志加三《しかぞう》少将
　戦艦「伊勢」「日向」（機関改装中）
【第一艦隊】　司令長官　山口大将兼務
　同参謀長　矢野志加三少将
・第一戦隊　司令官　山口大将直率
　戦艦「武蔵」「大和」「山城」
・第三航空戦隊　司令官　松永貞市中将
　空母「魁鷹」「飛鷹」「隼鷹」
・第四航空戦隊　司令官　加来《かく》止男《とめお》少将
　軽空「龍鳳」「祥鳳」「瑞鳳」
・第八戦隊　司令官　田中頼三少将
　重巡「利根」「筑摩」
・第一水雷戦隊　司令官　伊崎俊二少将
　軽巡「阿賀野」　駆逐艦一六隻

【第二艦隊】司令長官　角田覚治中将
同参謀長　有馬正文《まさふみ》少将
・第一航空戦隊　司令官　角田中将直率
空母「翔鶴」「瑞鶴」「雲龍」
・第二戦隊　司令官　宇垣纒中将
戦艦「長門」「陸奥」「榛名」
・第七戦隊　司令官　橋本信太郎少将
重巡「最上」「三隈」
・第二水雷戦隊　司令官　高間《たかま》完《たもつ》少将
軽巡「能代」　駆逐艦一六隻
【第三艦隊】司令長官　福留繁中将
同参謀長　一宮義之《いちみやよしゆき》少将
・第二航空戦隊　司令官　福留中将直率
空母「赤城」「飛龍」「蒼龍」
・第三戦隊　司令官　鈴木義尾《よしお》中将
戦艦「金剛」「比叡」「霧島」

・第九戦隊　司令官　白石万隆《しらいしかづたか》少将
重巡「鈴谷」「熊野」
・第三水雷戦隊　司令官　木村昌福《まさとみ》少将
軽巡「那珂」　駆逐艦一六隻
◎統合艦隊　司令長官　古賀峯一大将
(在日吉台)　同参謀長　大西瀧治郎中将
○布哇方面艦隊　司令長官　小沢治三郎中将
(在真珠湾)　同参謀長　有馬馨《かおる》少将
独立旗艦／軽巡「大淀《おおよど》」
付属／潜水母艦二隻　潜水艦二四隻
【第一航空艦隊】司令長官　戸塚道太郎中将
同参謀長　大林末雄《すえお》少将
付属／駆逐艦六隻
・第二〇航空戦隊　司令官　戸塚中将直率
(オアフ島防衛／ヒッカム基地)

・第二二航空戦隊　司令官　市丸利之助少将
（オアフ島防衛／ホイラー基地）
・第二四航空戦隊　司令官　山田道行《みちゆき》少将
（オアフ島防衛／カネオヘ基地）
・第二六航空戦隊　司令官　長谷川喜一少将
（ミッドウェイ島防衛）

一〇月二五日に軽空母「千歳」が竣工し、二八日には軽空母「千代田」も竣工していたが、両空母ともこのたびの編制には間に合わず、新型機を満載して一二月はじめに、真珠湾へ入港して来ることになっていた。

山口大将はその前に「米本土空襲作戦」を発動するつもりで麾下《きか》の編制を急いだが、連合艦隊の人事やその陣容は一〇月中旬を境にして、大きく変更されていた。

まず、山口を支える連合艦隊参謀長には、あらたに海兵四三期卒業の矢野志加三少将が就任しており、それまで連合艦隊参謀長を務めていた酒巻宗孝《むねたか》少将は、航空本部・総務部長となって内地へ帰朝していた。

矢野は開戦前、いまだ少将の山口が第二航空戦隊司令官をしていたときに空母「飛龍」の艦長を務めていたことがあり、山口大将の戦い方をよく心得ていた。前任者の酒巻もこれまでよく山口のことを支えていたが、山口は今回、矢野志加三を司令部に迎え入れ、はじめて本命の参謀長を得たといってよかった。

また、同じく連合艦隊の幕僚では、首席参謀の黒島大佐が少将に昇進して軍令部・第二部長となり、あらたな首席参謀には海兵四八期卒業の三和《みわ》義勇《よしたけ》大佐が就任していた。

三和は、山本五十六大将の息が掛かった生粋《きっすい》の航空屋で、空母航空戦に精通している。その三和を補佐する作戦参謀には、山口の懐刀《ふところがたな》ともいえる伊藤清六大佐（海兵四九期卒業）が政務参謀から横すべりしていた。百年に一人の天才といわれる樋端久利雄中佐も引き続き三和、伊藤両名の下で航空甲参謀を務めている。

かたや、第二艦隊司令長官の角田中将を支える参謀長には有馬正文少将（海兵四三期卒業）が就任し、これまで第三艦隊長官を務めていた原忠一中将は練習航空艦隊長官となって帰朝、あらたな第三艦隊長官には海兵四〇期卒業で山口と同期の福留繁中将が就任していた。

福留中将は空母「赤城」を旗艦とし、原中将と同様に「赤城」「飛龍」「蒼龍」の三空母を直率している。

いっぽう、新鋭空母「雲龍」は第一航空戦隊へ編入され、角田中将の直率する一航戦は空母「翔鶴」「瑞鶴」「雲龍」の編制となっていた。

そのため、空母「魁鷹」は第三航空戦隊に編入されてその旗艦となり、あらたに三航戦司令官となった松永貞市中将（海兵四一期卒業）の将旗を掲げていた。

三航戦の三空母「魁鷹」「飛鷹」「隼鷹」は、山口大将が司令長官を兼務する第一艦隊へこのたび復帰し、周知のとおり三隻とも三〇ノット以上の速力を発揮できるようになっていた。

連合艦隊・旗艦は、「大和」から今回はじめて戦艦「武蔵」に変更されており、さらに細かい点では、軽空母三隻を率いる第四航空戦隊の司令官には、加来止男少将（海兵四二期卒業）があらたに就任していた。

また、布哇方面艦隊の指揮下に在る第一航空艦隊は、これまで小沢中将が司令長官を兼務していたが、小沢中将の兼務が解かれて、新しい長官に戸塚道太郎中将が就任していた。

戸塚中将は、練習航空艦隊長官の職を原中将にゆずり、オアフ島のヒッカム飛行場へ着任したのである。

戸塚中将の指揮下に在るオアフ島の海軍基地航空兵力は、一一月一五日現在で五〇〇機を超えるまでにふくれ上がっていた。

ちなみに、昭和一八年二月には軽巡「大淀」が竣工しており、小沢中将の旗艦は重巡「妙高」から「大淀」に変更されていた。これまで真珠湾に在泊していた重巡「妙高」「羽黒」は、南西方面艦隊・第一南遣艦隊の指揮下に編入されて、シンガポールへ移動して行った。

2

ホイラー飛行場にも二〇〇機余りの陸軍機が配備されており、真珠湾には、空母九隻、軽空母三隻、戦艦九隻、重巡六隻、軽巡三隻、駆逐艦四八隻の合わせて七八隻にも及ぶ連合艦隊の大兵力が集結していた。

昨年八月の占領からすでに一年以上の歳月が経過しており、真珠湾には工作艦「明石」のすがたも在って三〇〇〇名を超える工員、技術者が進出していた。ドッグや港湾施設も今やすっかり復旧されており、大和型以外の空母や戦艦も入渠《にゅうきょ》が可能となっている。空母「赤城」は真珠湾で艦橋の拡大化工事をおこない、その頂部にはレーダーも設置されていた。

面目を一新した「赤城」のマストには、このたび第三艦隊長官に就任した、福留繁中将の将旗もはためいている。

　さらに三月以降、全艦艇が対空兵装を強化するための改装を順次実施しており、とくに戦艦や重巡には大量の機銃が増設されて、どの艦も〝ハリネズミ〟のようになっていた。

　そして今、山口多聞大将の将旗を掲げる巨大戦艦「武蔵」はフォード島の南岸に堂々と碇泊しており、「武蔵」「大和」以下の全艦艇が出撃準備に余念がない。重油の補給は一八日・正午には完了する予定となっていた。

　一六日は朝から司令官、参謀長らが「武蔵」に集まり、作戦会議が開かれた。初の「米本土空襲作戦」である。戦いの牽引役となるのは、むろん空母一二隻の艦上に在る艦載機群だった。

連合母艦航空隊　指揮官　角田覚治中将
【第一航空戦隊】第二艦隊／角田中将直率
空母「翔鶴」　　搭載機数・計八〇機
(烈風三三、彗星二七、天山一八、艦偵二)
空母「瑞鶴」　　搭載機数・計八〇機
(烈風三三、彗星二七、天山一八、艦偵二)
空母「雲龍」　　搭載機数・計六五機
(烈風二七、彗星一八、天山一八、艦偵二)
【第二航空戦隊】第三艦隊／福留中将直率
空母「赤城」　　搭載機数・計七一機
(烈風三三、彗星一八、天山一八、艦偵二)
空母「飛龍」　　搭載機数・計六五機
(烈風二七、彗星一八、天山一八、艦偵二)
空母「蒼龍」　　搭載機数・計六五機
(烈風二七、彗星一八、天山一八、艦偵二)

【第三航空戦隊】第一艦隊／松永貞市中将
空母「魁鷹」　搭載機数・計六二機
（烈風二四、彗星一八、天山一八、艦偵二）
空母「飛鷹」　搭載機数・計五九機
（烈風二一、彗星一八、天山一八、艦偵二）
空母「隼鷹」　搭載機数・計五九機
（烈風二一、彗星一八、天山一八、艦偵二）
【第四航空戦隊】第一艦隊／加来止男少将
軽空「龍鳳」　搭載機数・計三三機
（零戦二七、天山六）
軽空「祥鳳」　搭載機数・計三〇機
（零戦二四、天山六）
軽空「瑞鳳」　搭載機数・計三〇機
（零戦二四、天山六）
※軽空母搭載の零戦はすべて三二型。

航空戦の指揮はこれまでと変わらず、第二艦隊長官の角田覚治中将が執る。

角田機動部隊の航空兵力は烈風二四六機、零戦七五機、彗星一八〇機、天山一八〇機、二式艦偵一八機の計六九九機。

ハワイ攻略作戦以来、艦隊用の一線級空母一二隻が、およそ一年二ヵ月ぶりに真珠湾でそろい踏みとなったが、その陣容、戦力にはかなり変化がみられる。

空母は見掛け上、「加賀」の代わりに「雲龍」が加わったにすぎないが、周知のとおり「飛鷹」「隼鷹」の速力が三〇ノットに向上しており、両空母も無理なく、烈風、彗星、天山といった新型機を運用できるようになっている。

むろん軽空母をふくめた全母艦が、対空見張り用レーダーの設置をすでに完了していた。

空母の艦上はどれも艦載機で溢れぬばかりとなっており、新鋭の機体が飛行甲板上できらきらと輝いている。烈風、彗星、天山の新型艦上機・三機種が、今回の作戦にきっちりと間に合ったのはいかにも大きかった。

これら新鋭機は、いずれも時速一八〇ノット以上の巡航速度を発揮できる。従来の艦爆や艦攻と比べて四〇ノットほど優速なため、よりすばやい攻撃が可能となる。

今次作戦においても最大の脅威となるのは敵戦闘機による迎撃だが、欧米の新型戦闘機は軒並み時速六〇〇キロメートル以上の最大速度を発揮できるようになっていた。最大速度が五〇〇キロメートルそこそこの零戦では追い付けず、米本土を護る敵の新型戦闘機に対抗するにはやはり烈風の投入が欠かせなかった。

さらに、天山は従来の艦攻より航続力が大いに優れており、彗星は五〇〇キログラム爆弾を搭載しての急降下爆撃が可能となっている。彗星も天山に負けず航続距離が長いため、これら新鋭・二機種の配備によって母艦航空隊の攻撃力は各段に向上していた。

航空隊の練度もまずまずで、ベテラン搭乗員のおよそ三分の一が基地勤務から母艦勤務の配置にもどされていた。

問題は攻撃場所の選定だが、米本土西海岸は南北に長く、その全長はちょうど一〇〇〇海里ほどに及ぶ。宿敵・太平洋艦隊が司令部を置くのは南端のサンディエゴだが、常識的に考えて、米軍は西海岸のおよそ中央に位置する〝サンフランシスコに航空兵力を集めているのではないか……〟と考えられた。

「攻撃場所の選定には私も相当迷ったが、ここは奇襲に賭け、いきなりサンフランシスコを突いてみるかね?」

作戦会議の最終盤で山口は、みなにあえてそう問い掛けてみたが、この考えに賛同する司令官や参謀はだれもいなかった。

サンフランシスコ攻撃の危険性を指摘し、連合艦隊司令部が本命とする案を、樋端久利雄中佐が前もって説明していたからである。

「やはり、サンフランシスコをいきなり攻撃するのは冒険的すぎます。万一、奇襲に失敗するようなことがあれば、味方空母が傷付いてしまい、反復攻撃が不可能となります。……ここは敵の防備が手薄であろう場所から攻撃を仕掛け、できるだけ空母を傷付けぬよう、じっくり攻めてゆくべきと考えます」

たしかに空母が傷付いてしまえば、その時点で真珠湾へ引き揚げるしかなかった。けれども、空母が活きておれば、さらにほかの地点も攻撃することができる。

常に積極果敢な角田中将でさえもサンフランシスコ攻撃案には懐疑的で、敵の〝手薄な場所を攻撃する!〟という、連合艦隊の推す「米本土攻撃案」が全会一致で承認されたのだった。

いっぽう、鈴木内閣が水面下で進めていた英国との交渉は不調に終わっていた。

吉田茂外相がスイスを仲介役として英国政府と通じ、ルーズベルト大統領の意向を確かめてみたが、フランクリン・D・ルーズベルトは日本との交渉を頑として拒んだのだ。

そして一一月二〇日には、山口にもそのことが知らされた。

――そうか……。ルーズベルトが〝あくまで日本と戦う！〟というのであれば、もはや遠慮は要らない。米本土を徹底的に空襲してやる！

山口はそれまで出撃を自重していたが、二一日には「米本土空襲作戦」を発動し、麾下全艦艇に出撃を命じたのである。

第八章　米本土空襲作戦

1

アメリカ海軍・艦隊用空母の建造は着々と進みつつあった。一九四二年一二月三一日に竣工した一番艦「エセックス」を皮切りに、エセックス級空母五隻とインディペンデンス級軽空母七隻が続々と竣工している。

一〇月下旬の時点ですでに計一二隻となっていたが、空母の建造はまだまだ止まらない。

一一月一五日にはインディペンデンス級の軽空母「サンジャシント」が竣工し、二四日に「ワスプII」、二九日には「ホーネットII」と、エセックス級空母の竣工も相次いで、一一月下旬の時点でアメリカ海軍の艦隊用高速空母は全部で一五隻をかぞえるまでになっていた。

エセックス級・大型空母が七隻、インディペンデンス級・軽空母が八隻だ。

――日本軍機動部隊に対抗可能な空母兵力がようやくそろった！

ニミッツ大将はそう確信したが、主力艦の建造はなにも空母ばかりではない。

ハワイ沖海戦で大破した戦艦「ノースカロライナ」と「サウスダコタ」の修理もすでに完了しており、空母に随伴可能な高速戦艦も全部で八隻となっている。

ノースカロライナ級の二隻とサウスダコタ級の四隻にアイオワ級の戦艦二隻「アイオワ」「ニュージャージー」が加わっていた。

これら戦艦八隻はすべて時速二七ノット以上の速力を発揮できるため、火力支援部隊の兵力も充分だが、問題はパナマ運河を破壊されていることだった。

これら高速機動部隊の艦艇をすぐにでも太平洋へ回したいところだが、それができない。

竣工した空母や戦艦を、二、三隻ずつまとめて太平洋へ回航しようかとも考えたが、サンディエゴも決して安全とはいえず、日本軍機動部隊からいつ、空襲を受けてもおかしくなかった。せっかく太平洋へ回した空母などを各個撃破される恐れがあり、やはり機動部隊の編制をすっかり終えてから一斉に回航することにした。

それがたまりにたまって高速空母が大小一五隻というところまで兵力がまとまった。竣工したものから順にカリブ海で訓練を実施しており、乗員や搭乗員の練度も相応に上がっている。

それでも実戦経験のある搭乗員は少ないが、搭載機もF6Fヘルキャット、F4Uコルセア、SB2Cヘルダイヴァー、TBFアヴェンジャーと戦闘機、急降下爆撃機、雷撃機ともに、新型機に世代交代している。

もはや日本軍機動部隊に充分、対抗可能となっており、そろそろ太平洋へ進出すべき時がやって来たのにちがいなかった。

ただし空母は防御に向かず、これら高速機動部隊の強大な航空打撃力を本土防衛戦に投入するのは、いかにもバカげている。その使い道ははじめから決まっていた。

世界最強の航空打撃力を持つにいたった高速機動部隊が太平洋へ進出するのと同時に、アメリカ太平洋艦隊は全兵力を投げうって「ハワイ奪還作戦」を仕掛けるのだ。

それ以外の使い道は断じてありえなかった。

パナマ運河を封鎖されたのはたしかに大打撃だった。ニミッツも運河を封鎖された直後には、ジノヴィー・P・ロジェストヴェンスキーの境遇とみずからの境遇をなぞらえて一瞬よからぬ想像が頭をよぎった。

――これで、ホーン岬回りの大遠征を強《し》いられることになる！　まったく日本海軍の思うツボじゃないか！　……私は〝東郷〟ではなく〝山口〟に敗れるのかっ!?

しかし、ニミッツはすぐさまこの不吉な予感を打ち消した。

――過去の古ぼけたロシア艦隊と現代のアメリカ艦隊は断じてちがう！　わがアメリカ海軍艦艇は端から大遠征が可能なように設計されている。しかも新鋭艦ぞろいだ！　日本海軍ごときに決して負けるわけがない！

とはいえ、ホーン岬経由でハワイ近海へ進軍してゆくとなれば、最低でも二ヵ月は掛かる。その間、訓練なしの状態が続けば母艦航空隊の練度はみるみる低下するだろう。飛行機の操縦というものは一定期間あいだを置くと、勘が一気に鈍ってしまう。

だから定期的に飛行訓練をやりながら進軍してゆくことになるが、その場合はハワイ近海へたどり着くまで〝三ヵ月は掛かる〟とみておく必要があった。つまり今すぐ出撃しても、到着するのは翌年・二月ということになる。

ところが、今すぐ出撃することはできない。

なぜなら軽空母「サンジャシント」は今月一五日、空母「ワスプⅡ」は二四日、空母「ホーネットⅡ」は二九日にしか竣工せず、これら三空母は最低でも一ヵ月は習熟訓練や各種検査を実施する必要があるからだった。

いや、アメリカ海軍の場合、二ヵ月程度は訓練を実施するのが通例だから、「ホーネットⅡ」が実際に出撃可能となるのは一月中旬以降のことになる。だとすれば、新生・機動部隊がハワイ近海へたどり着くのは、実際には四月中旬ごろとなってしまうのだった。

三隻には大型空母二隻が含まれており、出撃日を早めるためにこれら三空母を作戦不参加にすると、味方機動部隊の戦力はいかにもガタ落ちとなってしまう。

だから出撃日を早めるのは不可能だが、三空母を参加させるために出撃日を一月中旬とするならば、一月下旬には八隻目のエセックス級空母「フランクリン」が竣工するので〝どうせなら「フランクリン」も作戦に参加させたい！〟と、さらに欲が出てくる。

――「フランクリン」だけは習熟訓練を簡略化して、強引に参加させるべきじゃないか……。

ニミッツはついそう思ったが、とにかく機動部隊の太平洋進出は一月中旬以降のことになるのはまちがいなかった。

ところで、高速戦艦八隻のうちの四隻「ノースカロライナ」「ワシントン」「サウスダコタ」「インディアナ」はすでに太平洋へ回航され、カリフォルニア半島のマグダレナ港で旧式戦艦やサンガモン級護衛空母などとともに待機していた。

アメリカ本土に万一日本軍が上陸して来たような場合に備えて待機させてあるのだが、ニミッツ自身は、日本軍が西海岸へ上陸して来るようなことは〝まずないだろう……〟とみていた。

ハワイ諸島を占領されてから早一年以上になるが、現に日本軍は上陸して来なかったし、いまもその兆候は一切みられなかった。

しかし、日本軍機動部隊が西海岸の基地に空襲を仕掛けて来る可能性は大いにある。これまで空襲して来なかったのがふしぎなぐらいだが、じつは、ニミッツ自身は空襲されることをむしろ望んでいた。

——その時こそ、敵空母を減殺できる！

味方基地も一定の被害は受けるだろうが、ハルゼー大将の本土防衛艦隊にはすでに二〇〇〇機を超える陸海軍機が配備されていた。

——わが新鋭空母を大西洋に温存しつつ、日本の空母だけを一方的に減らせる最大のチャンスじゃないかっ！

ニミッツは内心そう考えていたのである。

2

一九四三年（昭和一八年）一一月二八日・アメリカ西部標準時で午後三時五二分——。

連合艦隊の空母一二隻は北緯四七度線に沿って東進しつつ、シアトルの西（微南）およそ七〇〇海里の洋上へ達していた。

冬のため、北半球では昼の時間が短く午後四時二五分には日没を迎える。午後五時ちかくまで薄暮は続くが、艦隊はいまだ敵機などに発見されておらず、あと一時間ほどが勝負だった。

進軍速度は二四ノット。艦隊は依然、北緯四七度線に沿うように東進している。

緯度が高いため、北東貿易風が循環して、辺りでは西南西から風が吹いていた。

日はすっかり傾いている。艦隊は西日を背に受け、太陽から遠ざかるように航行していた。

うねりがはげしく、波はかなり高い。空もどんよりと曇っていた。

じつは、この三時間ほど前に一機のB24爆撃機が近くまで飛来していたが、そのときはまだ、日本軍艦隊と同機との距離が六五海里ほど離れていた。同機がやがて東へ反転したため、連合艦隊は発見をまぬがれていたのだった。

米軍はきっちりと二段索敵をおこない、索敵距離は七〇〇海里に及んでいた。けれども索敵機はみな、日が暮れる前に基地へ帰投していた。

日中に七〇〇海里圏内を捜索すれば〝それで充分!〟との判断だったが、日本の空母艦載機はもはや足の長い彗星、天山に代わっていた。任務が基地攻撃ならば、双方とも四〇〇海里ちかくもの距離を進出できる。

米軍はそのことを、まだ知らない。

結局、米側の索敵は空振りに終わって午後四時五八分にはどっぷりと日が暮れた。シアトルまでの距離は六七五海里を切り、全艦艇が依然として二四ノットの速力を維持していた。

はたして、角田中将の率いる空母一二隻はそれからたっぷり一二時間にわたって東進し続け、日付けが変わった二九日・午前五時（現地時間）の時点でシアトルの西（微南）およそ三八五海里の洋上まで前進した。

連合艦隊はいまだ発見されていない。

母艦一二隻の艦上ではすでに攻撃機が待機しており、全空母が一斉に西南西へ向けて疾走、午前五時を期して攻撃隊を発進させた。

第一波攻撃隊の兵力は零戦三六機、彗星一〇八機の計一四四機。

零戦はすべて増槽を装備しており、彗星は爆弾倉内に二五〇キログラム陸用爆弾一発ずつ、両翼下に増槽を装備している。パナマ空襲時の〝二式艦爆〟とまったく同じ兵装だ。

彗星は中型以上の九空母から各一二機ずつが発進し、零戦は軽空母三隻からこれまた一二機ずつが発進してゆく。

すべての空母が攻撃機を一二機ずつ発進させたため、発進作業はわずか五分ほどで終了した。

空はいまだ明けやらず、全空母が探照灯で飛行甲板を照らしての発艦だ。

そのため、出撃する搭乗員の大半を、熟練者が占めていた。

発艦をしくじるような者は一人もなく、第一波攻撃隊の発進はあっという間に終わった。時刻は午前五時五分になろうとしている。

すべての攻撃機が上空へ舞い上がると、一二隻の母艦は再び針路を東へ執り、なおも二四ノットで航行し始めた。

第一波攻撃隊を率いる空中指揮官は江草隆繁少佐だ。江草少佐の彗星を中心に攻撃隊がまもなく空中集合を完了すると、それを「翔鶴」艦上からしっかり見届けた角田中将が、東進してゆく攻撃隊を見送りながら〝よし！〟と大きくうなずいてみせた。

第一波攻撃隊は、高度四〇〇〇メートルをまず確保し、速力一八〇ノットで進撃してゆく。

――予定どおり第一波は、午前七時過ぎには敵飛行場への攻撃を開始するだろう。

角田はそう確信したが、本日の日の出時刻は午前七時三七分。午前七時過ぎに薄明を迎えるのと同時に第一波攻撃隊でまず〝敵飛行場を奇襲してやろう!〟というのであった。

パナマ攻撃時とほぼ似通った戦法だが、大きくちがうのは、艦爆、艦攻がすべて彗星、天山に交代しているということだった。両機の攻撃半径は三五〇海里はあるため、母艦一二隻はおよそ間を置かずに、第二波攻撃隊、次いで第三波攻撃隊を発進させる。

そのため、空母一二隻の艦上はすでに、第二波攻撃隊の出撃準備でせわしく動いていた。

第一波の発進からちょうど一時間が経過し、午前六時には第二波の出撃準備がととのった。

第二波攻撃隊／攻撃目標・敵造船所など
①空母「翔鶴」／烈風九、彗星一五
①空母「瑞鶴」／烈風九、彗星一五
①空母「雲龍」／烈風九、彗星六
②空母「赤城」／烈風九、天山一八
②空母「飛龍」／烈風九、天山一八
②空母「蒼龍」／烈風九、天山一八
③空母「魁鷹」／烈風六、天山一八
③空母「飛鷹」／烈風六、天山一八
③空母「隼鷹」／烈風六、天山一八
④軽空「龍鳳」／天山六
④軽空「祥鳳」／天山六
④軽空「瑞鳳」／天山六
※○数字は各所属航空戦隊を表わす。

第二波攻撃隊の兵力は、烈風七二機、彗星三六機、天山一二六機の計二三四機。

烈風はすべて増槽を装備しており、彗星は全機が五〇〇キログラム通常爆弾を装備している。そして、天山のうちの五四機が魚雷一本ずつ、同じく五四機が二五〇キログラム陸用爆弾二発ずつを装備し、残る天山一八機は八〇〇キログラム徹甲爆弾一発ずつを装備していた。

シアトル、ポートランド付近には敵の工廠や造船所が点在している。出撃機に雷装の天山がふくまれているのは、それら工廠や造船所などを攻撃し、あわよくば〝建造中もしくは修理中の敵艦を撃破してやろう〟というのであった。

むろん空母が存在すれば真っ先に攻撃する。

午前六時の時点で、敵基地までの距離はおよそ三六五海里となっていた。

攻撃距離が三五〇海里を超えるため烈風の帰投が危ぶまれるが、艦隊はなおも東進してゆくので復路の飛行距離は三〇〇海里以下で済む。烈風でも敵地上空で三〇分は戦えるはずだった。

第二波攻撃隊もまた、暗闇を突いての出撃となるが、全機が危なげなく、午前六時一二分までに発進して行った。

第二波の発進が終わると、一二隻の母艦は再び東へ針路を執った。さらに第三波攻撃隊を出すので、艦上は大わらわとなっている。

奇襲が成功すれば大戦果を望めるため、ここは攻撃をたたみ掛ける必要がある。整備員らもそのことを重々承知していた。

はたして、予定時刻にたがわず第三波攻撃隊の発進準備も午前七時にととのった。敵基地までの距離はおよそ三四五海里となっている。

第三波攻撃隊／攻撃目標・敵造船所など
①空母「翔鶴」／烈風九、天山一八
①空母「瑞鶴」／烈風九、天山一八
①空母「雲龍」／烈風九、天山一八
②空母「赤城」／烈風九、彗星六
②空母「飛龍」／烈風九、彗星六
②空母「蒼龍」／烈風九、彗星六
③空母「魁鷹」／烈風六、彗星六
③空母「飛鷹」／烈風六、彗星六
③空母「隼鷹」／烈風六、彗星六
④軽空「龍鳳」／出撃機なし
④軽空「祥鳳」／出撃機なし
④軽空「瑞鳳」／出撃機なし
※○数字は各所属航空戦隊を表わす。

第三波攻撃隊の兵力は、烈風七二機、彗星三六機、天山五四機の計一六二機。

烈風は同じく全機が増槽を装備しており、彗星も全機が五〇〇キログラム通常爆弾を装備している。そして天山のうちの半数が魚雷を装備し、残る二七機は二五〇キログラム通常爆弾二発ずつを装備していた。

発進準備がととのうや、角田中将はすかさず出撃を命じ、烈風の全機が発進を終えたころにようやく、空が白み始めてきた。

時刻は午前七時五分になろうとしており、それからは彗星や天山が、水を得た魚のようにして勢いよく飛び立って行った。

そして第三波攻撃隊の発進も午前七時一二分に完了し、その三分後にはさらに二式艦偵一八機も索敵に送り出した。

やがて全空母がもう一度、東進し始め、これで角田中将もようやくひと息入れた。

角田機動部隊は三波に分けて五四〇機にも及ぶ攻撃機を発進させたが、米本土へさらに接近するため、空母一二隻の艦上には烈風一〇二機と零戦三九機、合わせて一四一機もの戦闘機が残されていたのである。

3

冬の北太平洋は不順な天候が続く。そうした曇天にも助けられ、第一波攻撃隊の空襲は見事、奇襲となって成功した。

江草少佐はシアトルのおよそ一五〇海里手前で攻撃隊の高度を下げ、残り三〇海里まで迫ったところで一気に上昇、編隊を二手に分けた。

その上で江草は、シアトル近郊に在るマッコード飛行場の攻撃に小林道雄《みちお》大尉の率いる零戦一八機と彗星五四機を差し向け、みずからの直率する零戦一八機と彗星五四機でポートランド飛行場の攻撃に向かった。

海岸線を突っ切った直後に高度四〇〇〇メートル付近まで上昇すると、にわかに空が白み始めてきた。いうまでもなく、高度が高ければ高いほど早くお日様を拝める。

そして、午前七時一二分にまず小林隊の七二機がマッコード飛行場へ襲い掛かり、その一分後には江草隊の七二機も時を置かずしてポートランド飛行場へ襲い掛かった。

両飛行場ではすでに空襲警報が発令されていたが、両隊とも米軍戦闘機が飛び立つ刹那《せつな》に爆撃を開始することができた。

シアトルやポートランドに配備されていた米軍機は大半が陸軍機であり、およそ核となるような規模の大きい飛行場がない両地では、専守防衛の方針が採られて配備機の大多数を戦闘機が占めていた。

このとき、マッコード飛行場にはおよそ一四〇機、ポートランド飛行場にも一二〇機ほどの戦闘機が配備されており、P47サンダーボルト、P51ムスタングといった新鋭機もそのなかにふくまれていた。が、これら有力な戦闘機も飛び立つ前に地上で撃破されたのでは、まるで真価を発揮できなかった。

またピュージェット湾の泊地から、薄明を期してカタリナ飛行艇一二機が飛び立とうとしていたが、零戦から容赦なく射撃を受け、発進に成功したのはわずか二機にすぎなかった。

さらにマッコード基地では、索敵用に待機していたB24も一〇機以上が撃破され、大破した機の残骸が周囲に飛び散って滑走路やエプロン地帯が火の海と化した。

彗星の投じた爆弾はすべて飛行場攻撃用の陸用爆弾で、炸裂と同時に無数の焼夷弾子が飛び散る仕掛けとなっていた。

両飛行場とも、それを立て続けに五〇発以上も喰らったのだからたまらない。戦闘機なども次々と業火《ごうか》に呑まれていった。

攻撃の後半には零戦も低空へ舞い下りて機銃掃射を加え、二〇ミリ弾をぶっ放して無傷の敵機もことごとく粉砕していった。それでもなお、両飛行場には発進可能な機が二〇機ほど残されていたが、滑走路が大破して、とてもすぐに飛び立てるような状態ではなかった。

第一波攻撃隊の猛攻は結局、二五分以上にわたって続いた。

午前七時四二分。江草少佐が列機に引き揚げを命じたとき、第一波攻撃隊も対空砲火によって零戦三機と彗星五機を撃ち落とされていたが、ポートランド、マッコード両飛行場に致命的な損害をあたえていたのである。

日本軍機が上空から飛び去るや、両飛行場では整備員らが滑走路へ飛び出し、懸命の復旧作業が始まった。

その甲斐あって火は一〇分ほどで消し止められたが、機の残骸を取り除き、整地に掛かろうとしたその矢先に、新手の日本軍攻撃隊が再び来襲した。もはやこうなると、発進可能な機を選別しているような時間もなく、地上の米兵は復旧をあきらめて再度防空壕へ退避するしかなかった。


午前八時一二分。シアトル、ポートランドの上空へ二番手で来襲したのは、いうまでもなく日本軍・第二波攻撃隊の二三四機だった。

そこには二五〇キログラム陸用爆弾二発ずつを装備した天山五四機がふくまれており、それら天山もまた、二七機ずつ二手に分かれて、マッコード飛行場とポートランド飛行場に対して容赦なく絨毯爆撃を開始した。

その猛攻で両飛行場はいよいよ万事休すとなった。しかし、米軍航空隊もただ指をくわえてみていたわけではなかった。

主要飛行場の窮状を察して、タコマ地区の予備飛行場や、モンタナ州との州境に在るフェアチャイルド飛行場から、全部で四〇機余りの戦闘機が発進して応援に駆け付け、第二波攻撃隊に反撃を加えて来た。

けれども、それら米軍戦闘機はＰ40をはじめとする旧式機が多く、第二波に随伴していた、烈風七二機のおよそ敵ではなかった。

いや、フェアチャイルド基地から駆け付けたものには少数のＰ51もふくまれていたが、搭乗員の練度がいまだ充分でなく、大勢をくつがえすほどの反撃とはならなかった。

そして、烈風がおおよその敵戦闘機を〝空戦にまき込んだ！〟とみるや、雷装の天山や徹甲爆弾装備の天山、さらには五〇〇キログラム爆弾を装備した彗星が、タコマのトッド造船所、ポートランドならびにバンクーバーに在るカイザー造船所の上空へと殺到、いよいよ獲物を物色し始めたのだった。

次の瞬間、かれら日本の搭乗員は眼下に広がるもの凄い光景を目の当たりにし、アメリカ合衆国の桁違《けたちが》いな工業力を魅せ付けられたような思いがして、にわかに眼を見張った。

整然と区切られた区画に、建造中の船がまるで模型のようにいくつも並んでいる。かれらは指を折ってかぞえ始めたが、あまりにも数が多いので途中でバカらしくなってやめた。

商船や貨客船を空母へ改造しているのは日本も同じだが、米国もそれをやっているのはわかっていた。かれらは、空母へ改造されようとしている船を探しもとめたが、ピュージェット湾の奥深くに在るタコマのトッド造船所では、それが容易に判別できなかった。

けれどもそれとは対照的に、コロンビア川沿いに在るバンクーバーとポートランドのカイザー造船所では工事がかなり進んでおり、空母改造中のものが容易に判別できた。

というより、ほとんどの船が空母へ改造されていた。それらは、ほぼ一週間に一隻の割り合いで就役してくるので〝週間空母〟の俗称を持つことになる、カサブランカ級の護衛空母だった。

かたや、タコマのトッド造船所で改造されようとしていたのはコメンスメントベイ級の護衛空母だったが、こちらは、九月下旬に改造が始まったばかりで、数がまだ少なかった。

狙うべきはもちろん空母だ。すでに攻撃を開始していた彗星一八機は、そのままトッド造船所を空襲したが、残る大多数の攻撃機は〝空母が大量に建造されている！〟との通報を受け、カイザー造船所の方へ殺到した。

カイザー造船所はコロンビア川をあいだに挟んで、北のバンクーバーと南のポートランドの二ヵ所に分かれている。

コロンビア川はワシントン州（北）とオレゴン州（南）の州境を流れており、カイザー造船所は川を挟み、ワシントン州・バンクーバーのライアン・ポイントとオレゴン州・ポートランドのスワン・アイランドの二ヵ所で操業していた。

二つの造船所はほとんど隣接しており、距離は六キロメートルほどしか離れていない。上空からは両造船所を一望することができた。

日の丸飛行隊がさらに近づいてゆくと、空母が居るは居るは、ドッグや船台で建造中のものが七隻以上、すでに進水を終えて川べりや埠頭で艤装中のものが六隻以上、さらに改造工事をすっかり完了して碇泊中のものも三隻は居た。ざっと見渡しただけでも全部で一五隻は下らず、とにかく攻撃目標には事欠かない。

すべてカサブランカ級の護衛空母だ。

攻撃兵力は充分。周知のとおり彗星一八機はすでにタコマの造船所を空襲しているが、それ以外の彗星一八機と雷装の天山五四機、徹甲爆弾搭載の天山一八機は、九〇機すべてがバンクーバーとポートランドでたむろしているカサブランカ級の護衛空母に襲い掛かった。

ドッグや船台上に在るものには当然、雷撃を実施できない。それらに対しては降下爆撃隊と水平爆撃隊が襲い掛かり、雷撃隊は、碇泊中の空母や艤装中のものへ襲い掛かった。

制空権はほぼ日本側が掌握しており、突入を阻止するものはわずかな対空砲でしかない。それをよいことに、彗星や天山は容赦なく爆弾や魚雷を投じてゆく。

たちまち砲煙弾雨の光景が現出し、日本軍機の猛攻は三〇分以上にわたって続いた。

コロンビア川に巨大な水柱が林立し、ドッグや船台から立て続けに火柱が昇る。ライアン・ポイントとスワン・アイランドから、幾筋もの黒煙が立ち昇り、周囲はすでに阿鼻叫喚《あびきようかん》の様相を呈していた。

空襲がおさまったのはようやく午前八時五〇分過ぎのことだった。

ところが、造船所の職員、工員がほっとしたのもほんの一時《いつとき》、午前九時五分過ぎには早くも、日本軍・第三波攻撃隊の一六二機が上空へ進入して来た。

もはや多くの空母が破壊されていたが、第三波の彗星や天山が攻撃をたたみ掛け、空母や商船をさらに破壊してゆく。今度は雷撃隊の天山が二七機、水平爆撃隊の天山も二七機、降下爆撃隊の彗星が三六機で第三波の兵力も充分だ。

水平爆撃隊の天山は、全機が敵艦攻撃用の通常爆弾二発ずつを装備していたが、空母に対する攻撃がもはや充分なため、造船所の施設や倉庫などにも爆撃を実施した。

全軍に警報が発せられ、ハルゼー大将も北部都市の窮状をすでに承知していたが、サンフランシスコからポートランドまでの距離は四五〇海里以上も離れており、航続力に優れるP38戦闘機、P51戦闘機を救援に差し向けたとしても、まったく間に合いそうになかった。

日本軍機の空襲がようやくおさまったのは午前九時四〇分過ぎのことだった。

日本軍・第三波の攻撃機がすべて上空から飛び去ったとき、カイザー造船所では一四隻におよぶ空母が撃破されており、それらはすべてカサブランカ級の護衛空母だった。

また、トッド造船所でもコメンスメントベイ級の護衛空母二隻「コメンスメントベイ」と「ブロックアイランド」が撃破されており、ほかにも建造中の輸送船一〇隻ちかくが大破にちかい損害をこうむっていた。

工場や資材、建造施設などもかなりの損害を受けており、トッド造船所はすくなくとも二ヵ月の操業停止を余儀なくされ、カイザー造船所にいたっては半年ちかくにわたって操業を停止せざるをえない状況に追い込まれていた。

いや、米軍の被害はそれだけではない。同時にシアトル、ポートランド周辺の飛行場では三〇〇機余りの陸海軍機を一挙に喪失していた。

これに対し、日本側の失った艦載機は四〇機に満たず、連合艦隊の実施した最初の「米本土空襲作戦」は大成功をおさめたといってよかった。

護衛空母〝一六隻を一挙に喪失する！〟という目を覆いたくなるような被害に、ニミッツ大将やハルゼー大将は大きな衝撃を受け、基地航空隊の迎撃だけで空母機動部隊の攻撃を退けるのが〝いかにむつかしいか……〟ということをあらためて痛感させられた。

大破した空母一六隻はすべて廃棄された。文字どおり週間空母といわれるほどの簡易建造空母だから、それら損傷艦を修理するよりもあらためて一から造りなおしたほうが手っ取り早いに決まっていた。また、修理しようにも造船所自体を立てなおすことが、まずは先決だった。

この日・夕刊では、日本軍の勢いをまるで止められない、陸海軍の無策を糾弾するゴシップが紙面を飾り、一部には、大統領の戦争指導に疑問を投げかける記事さえみられた。

ところが、こうした論調が数日後には一転してくつがえることになる。

4

最初の「米本土空襲作戦」で連合艦隊の失った艦載機は零戦三機、烈風一二機、彗星一二機、天山一二機の計三九機にすぎなかった。

角田機動部隊は二九日・午前一一時二〇分には攻撃機の収容をすっかり完了して、やがて連合艦隊麾下《きか》の全艦艇が、米本土から離れるように西へ針路を執った。

二線級の護衛空母とはいえ〝一六隻撃破！〟というのは望外な戦果であり、機動部隊司令部だけでなく、連合艦隊司令部でもこの大勝利をみなが手放しでよろこんでいた。

「一気にサンフランシスコも突きましょう！」

最初にそう言い出したのは首席参謀の三和義勇大佐だった。

味方が失った艦載機は三九機でしかなく、これに参謀長の矢野志加三少将も作戦参謀の伊藤清六大佐も即座に同意した。

航空甲参謀の樋端中佐や山口大将自身もとくに反対する理由がなく、サンフランシスコ攻撃の方針は機動部隊司令部にもすぐに伝えられた。

当の角田中将もすっかり乗り気で、有馬正文参謀長以下の機動部隊幕僚もこぞって賛成。サンフランシスコに対する攻撃日は現地時間で〝一二月三日・早暁〟と決定された。

たっぷりまる一日以上掛けて西方へ退いた連合艦隊は一二月二日・未明に補給を完了し、今度は全艦艇が南東へ向けて針路を執った。

ところが、二日・午後一時四〇分、連合艦隊がサンフランシスコの北西およそ七二〇海里の洋上へ達すると、早くも敵機の接触を受けた。

飛来したのは米陸軍のB24爆撃機だったが、数日前の空襲で懲りた米軍は躍起となって日本の艦隊を探し回っており、この数日は基地への帰投が夜間になるのも厭わず、八〇〇海里に及ぶ索敵を実施していたのだった。

連合艦隊の全艦艇がそれまで速力二〇ノットで航行していたが、早々と敵機の接触を受け、だれもが直感した。

――これで奇襲は不可能になった！

それでも作戦中止を言い出すような者は一人もおらず、山口大将は、強襲となることを覚悟しながら、艦隊の進軍速度を二四ノットに上げるよう命じた。

サンフランシスコ米軍はがっちり防備を固めているにちがいなく、米軍戦闘機の徹底的な迎撃が予想される。その迎撃網を突破するには零戦だけではもの足りず、ぜひとも烈風の攻撃参加が欠かせない。が、零戦より航続距離の短い烈風を出すには、サンフランシスコまでの距離を三五〇海里程度にまで詰めておく必要があった。

山口大将が増速を命じたのはそのためだが、ハルゼー大将の本土防衛艦隊が司令部を置くサンフランシスコとその周辺基地には、このとき七〇〇機を超えるアメリカ陸海軍機がすでに配備されていたのだった。

ちなみにアメリカ軍はこの時点でサンディエゴ周辺基地におよそ六〇〇機、ロサンゼルス周辺基地にも四〇〇機程度の陸海軍機をすでに配備していた。

とくにサンフランシスコ周辺基地に配備されていたものは、P47、P51戦闘機やB24爆撃機といった新型の陸軍機が多数を占めていたが、このとき日本側は、米軍の基地航空兵力をあきらかに過小評価していた。

午後四時五一分。連合艦隊はサンフランシスコの北西およそ六四五海里の洋上へ達したところで日没を迎えた。

午後五時二〇分過ぎまで薄暮は続くが、その後も敵機が現れることはなく、そのことがかえってぶきみなほどだった。

じつは本土防衛艦隊参謀長のロバート・B・カーニー少将が追加で索敵機を出すように進言していたが、ハルゼー大将はその進言を言下に退けていた。

「敵艦隊とさらに接触を図るにはもう一度Ｂ24を索敵に出すしかないが、これ以上は同機を索敵に使わず攻撃用に温存しておく！」

万一、敵艦隊が夜間に反転していた場合には今から索敵機を出してもムダに終わる。ハルゼーはＢ24の搭乗員にこれ以上、長距離索敵の負担を強《し》いず、その全機を、明朝の〝攻撃に使おう！〟と考えていた。

ほとんど攻撃に資することのないカタリナ飛行艇を明日・未明から索敵に出し、Ｂ24の搭乗員にはたっぷり休息を取らせて全力攻撃を仕掛けようというのであった。

カーニーは説明を聞いてうなずいたが、ひとつだけ訊き返した。

「敵艦隊は夜間に反転するでしょうか？」

ハルゼーはこれに、憮然《ぶぜん》と返した。

「そんなことはわからぬが、敵が明朝、攻撃して来るものと考えて、こちらは最大限の反撃準備をしておくのだ！」

これを聞いてカーニーはすっかり納得した。

すでに日付けは変わっている。Ｂ24に発見されてから二四ノットでたっぷり一五時間ちかくにわたって疾走し続け、三日・午前四時三〇分を迎えた時点で連合艦隊の全艦艇がサンフランシスコの北西およそ三六五海里の洋上へ達していた。

「以後もサンフランシスコへ軍を近づける！　規定（三五〇海里）より一五海里ほど遠いが、烈風も攻撃に出そう！」

空母「翔鶴」艦上で角田が気合いたっぷりに宣言すると、有馬参謀長もすぐさま応じた。

「はい！　烈風も準備できております！」

角田中将はこれにうなずくや、第一波攻撃隊に対し、ただちに出撃を命じた。

第一波攻撃隊／攻撃目標・アラメダ米軍基地
①空母「翔鶴」／烈風九、彗星二四
①空母「瑞鶴」／烈風九、彗星二四
①空母「雲龍」／烈風九、彗星一八
②空母「赤城」／烈風九、天山一八
②空母「飛龍」／烈風九、天山一八
②空母「蒼龍」／烈風九、天山一八
③空母「魁鷹」／烈風九、天山一五
③空母「飛鷹」／烈風九、彗星一五
③空母「隼鷹」／烈風九、彗星一五
④軽空「龍鳳」／零戦六、天山六
④軽空「祥鳳」／零戦六、天山六
④軽空「瑞鳳」／零戦六、天山六

※○数字は各所属航空戦隊を表わす。

第一波攻撃隊の兵力は、烈風八一機、零戦一八機、彗星九六機、天山八七機の計二八二機。

烈風、零戦は全機が増槽を装備しており、彗星は六六機が二五〇キログラム陸用爆弾一発、残る三〇機が五〇〇キログラム通常爆弾一発ずつを装備している。帝国海軍は五〇〇キログラム〝陸用爆弾〟を製造していなかった。

天山は五一機が二五〇キログラム陸用爆弾二発ずつを装備し、残る三六機が八〇〇キログラム陸用爆弾一発ずつを装備している。

まずは全攻撃機がサンフランシスコの敵・主要飛行場であるアラメダ基地へ襲い掛かる。

角田中将が出撃を命じると、第一波の全機が午前四時四五分までに飛び立って行った。

第二波攻撃隊／攻撃目標・アラメダ米軍基地

①空母「翔鶴」／烈風九、天山一八
①空母「瑞鶴」／烈風九、天山一八
①空母「雲龍」／烈風六、天山一五
②空母「赤城」／烈風九、彗星一八
②空母「飛龍」／烈風六、彗星一八
②空母「蒼龍」／烈風六、彗星一八
③空母「魁鷹」／烈風六、彗星一八
③空母「飛鷹」／烈風六、天山一五
③空母「隼鷹」／烈風六、天山一五
④軽空「龍鳳」／零戦六
④軽空「祥鳳」／零戦六
④軽空「瑞鳳」／零戦六
※○数字は各所属航空戦隊を表わす。

さらに一時間後の、午前五時三〇分には第二波攻撃隊の発進準備もととのい、その兵力は、烈風六三機、零戦一八機、彗星七二機、天山八一機の計二三四機となっていた。

第二波の烈風、零戦もすべて増槽を装備しており、彗星は全機が二五〇キログラム陸用爆弾一発ずつ、天山は五一機が二五〇キログラム陸用爆弾二発ずつ、残る三〇機が八〇〇キログラム陸用爆弾一発ずつを装備していた。

二波で五〇〇機を超える大攻撃隊だ。攻撃機の搭載する爆弾は二波を合わせて総計四三八発にも及び、これだけの爆弾を叩き込めば、米軍アラメダ飛行場は廃墟と化すにちがいなかった。

角田中将が出撃を命じると、第二波攻撃隊もまた、その全機が午前五時四二分までに飛び立って行ったのである。

5

サンフランシスコではこの日、午前七時八分に日の出を迎える。よって午前六時三五分ごろには空が薄明となる。

サンフランシスコ湾口のハンターズ・ポイントに司令部を置く、ハルゼー大将の本土防衛艦隊は午前四時に早くもうごき始めていた。

「午前四時一五分を期してPBY飛行艇二二機を索敵に出す！　とくに北西の第四、第五、第六索敵線には飛行艇三機ずつを発進させる。進出距離は五〇〇海里で充分。飛行速度は時速一二〇ノットとせよ！」

ハルゼーの命令が伝わるや、アラメダ基地からカタリナ飛行艇が順次、発進を開始した。

それは、薄明を迎える二時間二〇分も前のことで、日本軍・第一波攻撃隊の発進時刻よりも一五分ほど早かった。

ハルゼー大将は、日本軍攻撃隊はレーダー探知を避けるために、十中八九〝低高度で来襲するにちがいない！〟とみていた。だとすればレーダーはもはや当てにならず、最も可能性が高い三方向に飛行艇三機ずつを差し向けて、敵機群をサンフランシスコのはるか手前で〝補足してやろう〟と考えたのだった。

迎撃の時を稼ぐためだが、母艦航空隊のように合成風力を得られず、発進に〝時間が掛かってしまう〟という基地航空隊の弱点を、それでおぎなおうというのだ。

飛行艇は夜間飛行を強いられるが、天気は申し分なく、視界も良好だった。

日本軍艦載機も必ず航空灯を点《つ》けて飛んでいるはずなので、よほどのことがない限りその大群を発見できるはずだった。

はたして、本土防衛艦隊司令部に待望の報告が入ったのは午前五時五二分のことだった。

『敵機多数がサンフランシスコへ向かう！』

報告を入れてきたのは第五索敵線を飛行中のPBYで、同機はすでに一六五海里の距離を前進していた。

報告を受け、ハルゼーは直感した。

――ジャップ攻撃隊は、あと一時間余りでサンフランシスコに来襲する！

ほぼ〝読みどおりだ〟と眼をほそめるや、ハルゼーはただちに麾下全軍に警報を発し、飛行場で待機中の友軍機に発進を命じた。

迎撃策はすでに決められてある。

まずは戦闘機を迎撃に上げ、その上で爆撃機などもすべて舞い上げて敵機動部隊の位置がわかり次第、攻撃に向かわせるのだ。

――海兵隊機の発進は後まわしだ！　が、ヘルキャットは上空へ上げておこう。

これは当然だった。

陸軍の中型爆撃機や重爆撃機は足が長い。P51戦闘機なども四五〇海里程度の距離を進出できるが、海兵隊の艦上機は攻撃半径が最大でも二五〇海里程度でしかなかった。

ヘルダイヴァーやアヴェンジャーを先に上空へ舞い上げてもガス欠を起こすのが眼に見えている し、敵空母が基地の二五〇海里圏内へ近づいて来ないことには攻撃できないのだ。ただし、ヘルキャットは当然、迎撃に役立つので優先的に上げることにした。

海兵隊のヘルキャットもふくめると、迎撃に使える戦闘機は全部で三五〇機にもなる。ほかにも五八機のP51とP38三二機が指揮下に在るが、これら航続力に優れる陸軍戦闘機は爆撃隊の援護に出す予定となっていた。

敵空母反撃用の陸軍爆撃機は、中型のB25爆撃機やA20攻撃機が合わせて八八機、B17、B24爆撃機といった四発の重爆撃機も六二機がそろっていた。

飛行艇を除く航空隊の兵力は六八〇機ちかくに及び、これら陸海軍機は五ヵ所の飛行場に分散配備されていた。被害を局限しつつ、迅速な発進を可能にするためだが、それでも全機を発進させるのに一時間三〇分は必要だった。

――すべて舞い上げるのは無理だろうが、急げば八割程度は発進させられる！

固くそう信じていたが、さしものハルゼー大将にも誤算があった。

かれは日本軍攻撃隊の飛行進軍速度を〝一五〇ノット程度だろう……〟と予想していたが、周知のとおり日本軍・第一波攻撃隊は一八〇ノットの速力を維持してサンフランシスコ上空をめざしていたのである。

午前六時三七分。基地のレーダーがその接近をとらえたとき、日本軍艦載機の大編隊はすでにサンフランシスコの手前およそ三〇海里の上空まで迫っていた。これはハルゼー司令部の事前の予想よりも一〇分余り早く、そのうえ第一波攻撃隊は上昇したのと同時に速度を二四〇ノットまで引き上げていた。

『敵機接近！』との緊急通報を受け、すでに舞い上がっていた戦闘機が大急ぎで迎撃に向かう。

発進済みのアメリカ軍戦闘機はすでに二四〇機を超えていたが、迎撃距離が予定より短くなってしまい、日本軍攻撃隊の進入を思うように阻止することはできなかった。

午前六時四五分。第一波攻撃隊はアラメダ飛行場と市街地南部に在るサンカルロス飛行場へ殺到し、いまだ離陸できずにいた海兵隊機など、米軍機およそ二〇〇機を地上で撃破した。

しかし飛行場攻撃中に、すでに舞い上がっていたＰ47やヘルキャットなどから猛烈な反撃を喰らい、第一波攻撃隊のほうも烈風四二機、零戦一二機、彗星三三機、天山三〇機の合わせて一一七機を一挙に失ってしまった。

米軍戦闘機の数が多すぎて烈風でもおよそ歯が立たず、第一波攻撃隊の損耗率はじつに四一パーセントに達していた。

対する烈風は、およそ三〇分に及ぶ空戦でヘルキャットやＰ47など、五〇機ちかくの敵戦闘機を撃墜していた。

さらに第一波攻撃隊は、アラメダ、サンカルロス飛行場を大破して、しばらく使用不能におとしいれていたが、その間にハルゼー大将は、残るトラヴィス、モフェット、キャッスルの三飛行場から、Ｐ51戦闘機や爆撃機などを舞い上げることに成功していた。

そして、空襲を受けているさなかの午前七時八分、第五索敵線を飛行していた一機のカタリナ飛行艇から、待ちに待った報告がハルゼー司令部にもたらされた。

『敵大艦隊発見！　空母八隻以上、戦艦六隻および、その他随伴艦多数！　敵艦隊はサンフランシスコの北西・三一五海里付近で遊弋中《ゆうよくちゅう》！』

　連合艦隊および帝国海軍の空母一二隻は、海兵隊機などから反撃を受けることを警戒して、サンフランシスコから三〇〇海里以上の距離を取って遊弋していたのだった。

　空母戦に長けたハルゼー大将は、サンフランシスコへ攻撃隊を出した日本の空母群が、艦載機を収容するまでは〝大きく移動できない！〟ということを、きっちりと見抜いていた。

　そして、離陸に成功した陸軍の戦闘機（P38やP51）や爆撃機（B25やB24）などは、攻撃距離が三一五海里程度なら、余裕で日本の空母群を攻撃できる。

　――よし！　陸軍機ばかりだが、攻撃兵力は戦闘機、爆撃機を合わせて二四〇機もある！　みなスキップ・ボミングの訓練は充分だ。……ジャップ機動部隊に一矢《いっし》報いてやる！

アメリカ陸軍攻撃隊／攻撃目標・日本空母群

・援護戦闘機隊／出撃機数・計九〇機

（P38三二機、P51五八機）

・双発中爆撃隊／出撃機数・計八八機

（B25五六機、A20三二機）

・四発重爆撃隊／出撃機数・計六二機

（B17二四機、B24三八機）

　P51など、援護戦闘機の全機が増槽を装備しており、双発の中型爆撃機は全機が五〇〇ポンド爆弾を二発ずつ、四発の重爆撃機はすべて重量級の一〇〇〇ポンド（約四五四キログラム）爆弾を二発ずつ装備していた。

　あくまで単純計算だが、計一五〇機の爆撃機がすべて爆弾二発ずつを装備しているのだから、その攻撃力は艦載機〝三〇〇機分に相当する！〟といっても過言ではなかった。

午前七時一〇分。ハルゼー大将が満を持して進撃を命じると、二四〇機の陸軍機は〝待ってました！〟とばかりに、まずは〝西方〟へ迂回して時速一六〇ノットで進軍を開始した。

そのときにはもう、爆撃をまぬがれた基地のレーダーが日本軍・第二波攻撃隊の接近をとらえており、アメリカ陸軍攻撃隊は、来襲しつつあるそれら日本軍機を一旦、西へ迂回、それからあらためて北西へ針路を執り、日本軍機動部隊の上空をめざしたのである。

「攻撃隊のＰ51にも、新手の敵機群を迎撃させるべきではありませんかっ⁉」

カーニーはそう進言したが、ハルゼーはまるで取り合わなかった。

「なにを、寝ぼけたことをいっとる！　基地などいくら爆撃を受けてもかまわん！　……それよりこの機を逃さず、ジャップの空母を一隻でも多く叩きつぶしておくのだ！　それにはＰ51の援護が欠かせん！」

あまりにすさまじいハルゼー大将の剣幕に、カーニーはたじたじとなって眼をまるくし、ただうなずいて従うほかなかった。

カーニーの不安はまもなく現実となった。

アメリカ軍・迎撃戦闘機隊はさらに四〇機以上を失い、今度はアラメダ、サンカルロス飛行場だけでなくトラヴィス、モフェット飛行場も敵機に蹂躙され、四つの飛行場はこのあと三日間にわたって使用不能に陥った。けれども、ハルゼー大将はまったく平然としている。

日本軍・第二波攻撃隊もまた一〇〇機ちかくを失い、ハルゼーは、敵攻撃隊にも〝相当の出血を強いた！〟と確信していた。

なるほど、第二波攻撃隊の損耗率も四二パーセントを超えており、あまりの損害機数の多さにびっくりして、日本側のだれもが〝サンフランシスコ攻撃は失敗だった……〟と今さらながら後悔し始めていた。

なるほど、多数の護衛空母を撃沈して最初の米本土空襲は大成功をおさめたが、サンフランシスコにも〝二匹目のドジョウが居る〟と欲を掻いたのは、連合艦隊・痛恨の失敗だった。

午前八時三三分。山口大将の座乗艦・戦艦「武蔵」のレーダーが、来襲しつつある敵機大編隊を真っ先に探知した。

「帰投して来たわが攻撃隊じゃないのか？」

山口は俄然眉をひそめたが、通信参謀の今中薫《かおる》中佐は首を大きく横へ振った。

「いいえ。きっちり確認しましたが、断じて帰投中のわが攻撃隊ではありません！　敵機は、あと三五分ほどで来襲します！」

山口は顔をしかめつつも機動部隊司令部へ急ぎ通報するように命じた。

空母一二隻の艦上には烈風九〇機、零戦三六機の計一二六機が防空用に残されていた。

一二六機という数は決して少ないとはいえないが、山口大将や角田中将は、米軍・P51戦闘機やB24爆撃機の本当の恐ろしさを、いまだ経験していなかった。

角田中将は「武蔵」から通報を受けるや、とにかく全戦闘機に発進を命じた。

米軍攻撃隊は刻一刻と迫りつつあり、今中が追って山口に報告した。

「二〇〇機を超える大編隊と思われます！」

味方戦闘機よりあきらかに数が多いと判り、さしもの山口も〝ちッ〟と舌打ちしたが、それとは対照的にサンディエゴで戦況を見守るニミッツ大将は、サンフランシスコの陸軍攻撃隊が〝日本軍機動部隊の上空をめざして進撃しつつある！〟という報告を幕僚から聴いて、いかにも満足そうにうなずいていた。

――そうだ！　基地などいくら破壊されてもかまわん！　それよりハワイの奪還だ！　われわれが奪還作戦へ乗り出す前に、いったい何隻の敵空母を沈めておけるか……。ブル（ハルゼー大将）はさすがに、日本の空母を減らしておくことがいかに重要かをよくわかっている！

ハルゼーにとって今度の戦いは、空母「エンタープライズ」の仇討《あだう》ちを果たす最大のチャンスにちがいなかった。

そして連合艦隊は、強烈なしっぺがえしを喰うことになる。

VICTORY NOVELS ヴィクトリー ノベルス

新連合艦隊(3)

設立！「ハワイ方面艦隊」

2023年7月25日　初版発行

著　者　　原　俊雄
発行人　　杉原葉子
発行所　　株式会社 電波社
〒154-0002　東京都世田谷区下馬 6-15-4
TEL. 03-3418-4620
FAX. 03-3421-7170
http://www.rc-tech.co.jp/
振替　　00130-8-76758

印刷・製本　中央精版印刷株式会社

ISBN 978-4-86490-236-6 C0293